Fabian Lenk

Die Zeitdetektive

Geheimnis um Tutanchamun

Fabian Lenk

Die Zeitdetektive

Geheimnis um Tutanchamun

Band 5

Mit Illustrationen von Almud Kunert

Ravensburger Buchverlag

Bibliografische Information der Deutschen Nationalbibliothek:

Die Deutsche Nationalbibliothek verzeichnet diese Publikation
in der Deutschen Nationalbibliografie.
Detaillierte bibliografische Daten sind im Internet
über **http://dnb.d-nb.de** abrufbar.

6 7 11 10

Umschlag und Innenillustrationen: Almud Kunert

Printed in Germany

ISBN 978-3-473-34522-9

www.ravensburger.de

Inhalt

Der Falke 9
Aufbruch 18
Der Fluch 25
Tod im Palast 34
Der Gott des Bösen 46
Ein erster Verdacht 53
Der Angriff der Schakale 65
Der Kerker 74
Das Befreiungskommando 81
Verrat 92
Die geheime Botschaft 102
Kurz vor dem Ziel 115
Das Gesetz des Schweigens 128
Abschied 143

Wer war Tutanchamun? 147
Glossar 152

Kim, Julian, Leon und Kija – die Zeitdetektive

Die schlagfertige Kim, der kluge Julian, der sportliche Leon und die rätselhafte, ägyptische Katze Kija sind vier Freunde, die ein Geheimnis haben …

Sie besitzen den Schlüssel zu der alten Bibliothek im Benediktinerkloster St. Bartholomäus. In dieser Bücherei verborgen liegt der unheimliche Zeit-Raum „Tempus“, von dem aus man in die Vergangenheit reisen kann. Tempus pulsiert im Rhythmus der Zeit. Es gibt Tausende von Türen, hinter denen sich jeweils ein Jahr der Weltgeschichte verbirgt. Durch diese Türen gelangen die Freunde zum Beispiel ins alte Rom oder nach Ägypten zur Zeit der Pharaonen.

Immer wenn die drei Freunde sich für eine spannende Epoche interessieren oder einen interessanten Kriminalfall in der Vergangenheit wittern, reisen sie mithilfe von Tempus dorthin.

Tempus bringt die Gefährten auch wieder in die Gegenwart zurück. Julian, Leon und Kim müssen nur an den Ort zurückkehren, an dem sie in der Vergangenheit gelandet sind. Von dort können sie dann in ihre Welt zurückreisen.

Auch wenn die Zeitreisen der Freunde mehrere Tage dauern, ist in der Gegenwart keine Sekunde vergangen – und niemand bemerkt die geheimnisvolle Reise der Zeitdetektive …

Der Falke

Langsam rumpelte der Schulbus über das Kopfsteinpflaster des mittelalterlichen Städtchens Siebenthann. Er machte einen Bogen um die Fußgängerzone in der Innenstadt mit dem Eiscafé *Venezia*, überquerte eine Brücke, fuhr die zwanzig Kilometer in die benachbarte Großstadt und hielt vor dem Völkerkundemuseum.

Sobald der Busfahrer die Türen öffnete, stürmten 26 Schüler aus dem Bus und umringten einen kleinen Lehrer in einem grauen, abgetragenen Sakko.

„Ruhe!“, rief der Mann und ruderte mit den Armen. „Und benehmt euch einmal in eurem Leben!“

„Unser lieber Tebelmann ist heute wieder mal ganz schön im Stress“, bemerkte Leon und grinste.

„Ja, stimmt“, sagte Kim. „Vielleicht ist Tebelmann so nervös, weil er gleich Tutanchamun gegenüberstehen wird.“

Julian wich einem Papierflieger aus, den ein Mitschüler zum Museumsausflug mitgenommen hatte.

„Tebelmann und wir werden nicht dem Pharao gegenüberstehen, sondern seiner Totenmaske“, erklärte er. „Was hast du überhaupt in deiner riesigen Tasche, Kim?“

Kim errötete leicht. „Nichts weiter“, antwortete sie schnell. „Nur was zu essen.“

Julian sah Kim schräg von der Seite an. Er glaubte ihr kein Wort. Gerade als er etwas sagen wollte, rief Tebelmann mit seiner hellen Stimme: „Ich habe die Eintrittskarten. Es bringt also überhaupt nichts, wenn jemand nach vorn stürmt, um als Erster im Museum zu sein.“

„Keine Sorge, Herr Tebelmann!“, rief ein Schüler.

Einige lachten. Der Lehrer überhörte die Bemerkung und ging voran. Die Schüler folgten ihm.

„Also, ich freue mich wirklich auf die Ausstellung“, sagte Julian. „Was für ein Glück, dass die berühmte Totenmaske als Teil einer Wanderausstellung nun auch hier zu sehen ist. Diese Maske muss unendlich wertvoll sein. Ich glaube, dass …“

„He, seht mal den Falken da drüben!“, unterbrach Kim ihn. Sie deutete auf eine große Birke ganz in ihrer Nähe. Dort saß ein Turmfalke mit weiß-braun gesprenkelter Brust auf einem Ast.

„Na und?“, sagte Julian ungehalten darüber, dass

Kim seinen soeben erst begonnenen Vortrag gestört hatte. „Was ist so besonders an einem Falken?"

Kim zog die Schultern hoch. „Weiß nicht. Ich habe den Eindruck, dass er zu uns herüber starrt."

„Wie bitte?", entfuhr es Julian.

„Das bildest du dir nur ein", sagte auch Leon.

Kim schwieg. Aber während Julian weiter über Tutanchamun sprach, behielt sie den Falken im Auge. Jetzt waren sie genau auf seiner Höhe. Und Kim war sich sicher: Der Falke beobachtete sie!

Zwei Minuten später hatten sie den Eingang zum Naturkundemuseum erreicht. Bevor Kim am Kassenhäuschen vorbeiging, drehte sie sich noch einmal um. Der Falke saß nach wie vor auf dem Ast. Doch jetzt hatte er den Kopf gedreht und starrte Kim an. Ihre Blicke trafen sich, und Kim wurde es seltsam heiß. Ihr war es, als würden die großen, schwarzen Augen des unheimlichen Vogels genau durch sie hindurchschauen. Rasch wandte Kim den Blick ab und beeilte sich, ins Museum zu gelangen.

Die Schülergruppe schob sich von Raum zu Raum der Sonderausstellung. Aufgeregt lief ihr Geschichtslehrer Tebelmann vor ihnen her. Gerade hatten sie die Grabbeigaben bewundert, die den Pharao auf seiner letzten

Reise begleitet hatten oder seinen Aufenthalt im Jenseits verschönern sollten: eine goldene Brosche in der Form eines *Skarabäus*, ein goldener Anhänger, diesmal in der Form eines Falken, ein herrlich gearbeiteter Doppelring aus *Lapislazuli*, eine 50 Zentimeter große Parfümvase, verziert mit dem Kopf der Göttin *Hathor*, ein Brustschmuck aus purem Gold mit Einlegearbeiten aus buntem Kristall, silberne *Ankh-Kreuze*, aufwändig geschnitzte Truhen aus Elfenbein.

Ein besonderes Schmuckstück war auch die Liege des Herrschers, deren Pfosten mit vergoldeten Löwenköpfen verziert waren. Auch eine blau bemalte Tonfigur war Teil der Grabbeigaben. Dabei handelte es sich, wie ein kleines Täfelchen erklärte, um einen *Uschebti*, einen Diener, der den Pharao im Jenseits verwöhnen sollte. Das Figürchen ruhte auf einem weißen Samtkissen in einer Vitrine. Noch beeindruckender waren die mannshohen Kriegerfiguren aus Holz, die einst mit Speeren bewaffnet den Eingang zur Sargkammer bewacht hatten.

Auch Kim war von der Pracht fasziniert. Den Falken hatte sie schon fast vergessen. Dafür beanspruchte etwas anderes immer stärker Kims Aufmerksamkeit. Ihre Tasche hatte in den letzten zehn Minuten ein erstaunliches Eigenleben entwickelt. Immer wieder bewegte sich etwas darin. Das Mädchen drückte die Tasche vorsichtig an sich und flüsterte: „Psst, wir sind gleich da!"

Tebelmann breitete die Arme aus. „Aber jetzt kommen wir zum Höhepunkt dieser einmaligen Ausstellung. Am 12. Februar 1924 ließ der berühmte Archäologe Howard Carter den Sarg des Falkengottes öffnen. Und dabei ..."

„Falkengott?", fragte Kim irritiert nach. Sie erinnerte sich an den Falken auf der Birke. Er hatte sie angestarrt! „Wieso denn Falkengott?"

Tebelmann zog eine Augenbraue hoch. „Nun, der jeweils regierende Pharao verkörperte den Gott *Horus*", dozierte der Lehrer. „Horus war der Sohn von *Isis* und *Osiris* und der Herr des Himmels. Deshalb wurde er immer als Falke dargestellt, verstehst du?"

„Tutanchamun, der Falkengott", murmelte Kim geistesabwesend vor sich hin.

Tebelmann nickte. „Genau so ist es." Dann fuhr er fort, von der Entdeckung des Grabes von Tutanchamun zu erzählen.

„Kurz nach dem sensationellen Fund gab es eine Reihe von rätselhaften Todesfällen. Innerhalb kürzester Zeit starben fünf bekannte Archäologen aus England. Niemand hatte eine Erklärung für ihren Tod", erläuterte Tebelmann. „Die Männer hatten nur eine Gemeinsamkeit: Sie waren alle Freunde von Howard Carter, der nach wie vor im Tal der Könige das Grab von Tutanchamun erforschte! Schnell kam ein furchtbares Gerücht auf: Die Männer waren dem Fluch des Pharaos zum Opfer gefallen. Immerhin soll es am Grabeingang eine Inschrift gegeben haben, die damit drohte ..."

Leon hing an Tebelmanns Lippen. „Wie lautete die Inschrift?"

Tebelmann sah ihn über den Rand seiner Brille an.

„Sinngemäß stand dort, dass jeder den Tod finden würde, der es wagen sollte, die Schwelle zum Grab des Pharaos zu übertreten."

„Aber dann hätte Carter doch auch ein Opfer des Fluchs werden müssen", überlegte Leon.

Tebelmann nickte.

„Da hast du Recht. Aber Carter blieb verschont. Dennoch: Die fünf Todesfälle sind bis heute rätselhaft – und das Gerücht um den Fluch hält sich hartnäckig."

Dann führte der Lehrer die Schüler zu einer Vitrine aus Panzerglas. Und dort lag die berühmte Goldmaske des Pharaos. Selbst die Schüler, die während des normalen Geschichtsunterrichts immer verstohlen vor sich hin gähnten, waren vom Anblick des unermesslich wertvollen Kunstwerks fasziniert.

Leon, Julian und Kim standen am Ende der Schlange, die sich vor der Maske gebildet hatte. Geduldig warteten sie, bis sie an der Reihe waren.

„Als Tutanchamun im Jahr 1327 vor Christus in Theben starb, war er erst 18 Jahre alt“, erklärte Tebelmann gerade. „Vielleicht starb er an einer Krankheit. Vielleicht wurde der Pharao aber auch ermordet. Das ist eines der größten Rätsel der Geschichte. Es gibt da ein paar, sagen wir mal, Merkwürdigkeiten im Zusammenhang mit dem Tod des Pharaos. Zum Beispiel hatte Tutanchamun eine Verletzung am Kopf.“ Der Lehrer seufzte. „Womöglich stammt diese Verletzung von einem Sturz. Außerdem ist nicht bekannt, ob diese Verletzung zu seinem Tod geführt hat. Ihr seht, es gibt einige ungelöste Rätsel um Tutanchamuns Tod, die aber vermutlich nie gelüftet werden.“

Die Freunde warfen sich einen Blick zu. Kim, Julian und Leon verstanden sich ohne ein Wort zu sagen. In stiller Übereinkunft war in dieser Sekunde der Entschluss gefasst worden, dass es wieder einmal höchste Zeit war, dem Zeit-Raum „Tempus“ einen Besuch abzustatten!

Nun standen die drei genau vor der Vitrine. Tebelmann und die anderen Schüler waren weitergegangen. Ihre Stimmen wurden allmählich leiser. Voller Ehrfurcht betrachteten die Freunde die herrlich gearbeitete Maske aus poliertem Gold, deren jugendliche Gesichtszüge friedlich und entspannt wirkten. Die Augen, geformt aus weißem Quarz und schwarzem *Obsidian*, strahlten Zuversicht aus.

Doch plötzlich wandte sich Leon ab. „Was war das?“, fragte er Kim.

„Was meinst du?“, erwiderte sie mit einem unschuldigen Augenaufschlag.

„Das Geräusch, das eben aus deiner Tasche kam“, sagte Leon und lächelte. „Wenn du mich fragst, klang das wie das Fauchen einer Katze.“

Kim wurde verlegen. „Na gut, Jungs.“ Nachdem sie sich vergewissert hatte, dass niemand sie beobachtete, zog sie den Reißverschluss der Tasche auf. Kija sprang heraus.

„Ich konnte sie doch nicht zu Hause lassen, wenn wir eine Tutanchamun-Ausstellung besuchen“, sagte Kim entschuldigend. „Ägypten ist doch schließlich ihre Heimat.“

Leon und Julian lachten leise.

„Das Museumspersonal wird weniger begeistert sein, wenn unser kleiner Tiger hier herumstreunt. Aber dafür müssen sie Kija erst einmal zu Gesicht bekommen“, sagte Julian. Er beugte sich zu dem grazilen Tier hinab, um es zu streicheln, aber Kija wich aus. Mit großen runden Augen und steil aufgestelltem Schwanz umkreiste die Katze die Vitrine mit der goldenen Maske. Schließlich gelang es Kim, Kija auf den Arm zu nehmen.

„Kommt, sonst verlieren wir noch den Anschluss“, mahnte Leon und ging in die Richtung, die Tebelmann und die anderen Schüler eingeschlagen hatten. Julian schlurfte hinterher. Nur Kim blieb noch einen Moment mit Kija bei der goldenen Maske.

„Was für eine wunderschöne Arbeit“, murmelte Kim, während sie die Katze streichelte. Der Körper der Katze versteifte sich plötzlich, und ihr Fell sträubte sich.

„Was hast du?“, fragte Kim. Und da sah sie es: Die Augen der goldenen Maske schienen sich zu bewegen! War das eine optische Täuschung? Eine zufällige Spiegelung, ein Lichtreflex in der gläsernen Vitrine? Doch als Kim genauer hinsah, war sie sich sicher: Die Augenlider zuckten! Kim war vor Entsetzen wie gelähmt.

Aufbruch

Kija sprang mit einem Satz von Kims Arm. Jetzt erwachte das Mädchen aus seiner Erstarrung. „Leon, Julian!“, rief Kim außer sich.

Die Aufregung in der Stimme der Freundin ließ die beiden aufhorchen. Sofort rannten sie zu Kim zurück.

„D-d-da!“, stammelte Kim und deutete auf die Maske.

„Was soll da sein? Ich sehe nichts Ungewöhnliches“, stellte Leon fest.

Kim zwang sich, erneut die Maske zu betrachten, aber es war nichts mehr zu sehen!

„Gerade schien es …“

Kim brach den Satz ab. Das würde ihr ja doch niemand glauben, nicht einmal Leon oder Julian. Das war zu verrückt! Wahrscheinlich hatte sie zu viel Fantasie.

„Alles klar mit dir, Kim?“, fragte Julian. „Du bist ziemlich blass um die Nase.“

Kim nickte. „Alles okay. Lasst uns gehen, am besten

ganz schnell.“ Sie lockte die Katze zu sich. Mit einiger Mühe gelang es dem Mädchen, Kija wieder in die Tasche zu setzen.

Eine halbe Stunde später liefen die drei Freunde mit den anderen Schülern zurück zum Bus. Alle redeten durcheinander. Die Ausstellung hatte auf die meisten großen Eindruck gemacht.

Als Kim an der Birke vorbeischlenderte, suchte sie die Äste mit den Augen ab. Es überraschte sie nicht, dass der Falke noch da war! Wieder schien es Kim, als ob der Vogel sie beobachtete. Für einen Moment überlegte sie, ob sie ihre Freunde darauf aufmerksam machen sollte, doch sie ließ es bleiben. Vermutlich hätten Leon und Julian sie für hysterisch gehalten. Und nach der komischen Sache mit der Maske hätte sie es ihnen nicht einmal verübeln können.

Warum waren ihr die Augen der Maske lebendig vorgekommen? Warum war ihr der Falke aufgefallen? Kim kam es so vor, als wäre das eine Aufforderung, das Rätsel um den Tod des Falkengottes zu lösen. Oder hatte das alles gar nicht ihr, sondern Kija gegolten? Das erschien Kim logischer. Kija stammte schließlich aus dem alten Ägypten. Vielleicht war sie eine Art Bindeglied zwischen der Gegenwart und der Vergangenheit. Gleich wie, Kim war nun fest entschlossen, mit ihren Freunden nach Theben in das Todesjahr Tutanchamuns zu reisen. Tief in Gedanken versunken kletterte sie hinter ihren Freunden in den Bus.

„Um welche Uhrzeit sollen wir unsere Reise antreten?“, flüsterte Julian, als sie in der letzten Sitzreihe des Busses saßen.

„Vor sechs Uhr kann ich nicht. Bis dann geht mein Training“, sagte Leon.

„Sechs Uhr ist in Ordnung“, sagte Kim.

Auch Julian war einverstanden. „Ja, gute Zeit. Dann hat die Bibliothek zu.“ Er schmunzelte. „Jedenfalls für alle anderen …“

Es dämmerte bereits, als die Freunde an jenem Herbsttag auf das altehrwürdige Bartholomäuskloster zustrebten.

Hinter den dicken Mauern lag das Ziel der drei Freunde – die einzigartige Bibliothek, die nicht nur wertvolle Bücher beherbergte, sondern auch Tempus, den geheimnisvollen Zeit-Raum.

Julian kramte den Schlüssel zur Bibliothek aus der Tasche. Wenig später standen er, Leon und Kim in dem Saal, in dem die Geschichtsbücher aufbewahrt wurden. Denn bevor die Freunde die Zeitreise antraten, wollten sie sich noch etwas mehr Grundwissen über Tutanchamun aneignen.

Kija war immer noch sehr unruhig und saß keine Sekunde still. Sie streunte ununterbrochen durch die Säle der Bibliothek.

Kim entdeckte als Erste einen Band über ägyptische Geschichte und verzog sich damit an eines der Lesepulte.

Auch Leon und Julian wurden schnell fündig. Konzentrierte Stille senkte sich über die Bibliothek.

„Aha!", meldete sich Kim nach etwa zehn Minuten zu Wort. „Hier steht etwas über Tutanchamun. Im Prinzip ist es das, was auch Tebelmann erzählt hat. Der Pharao kam bereits als Kind auf den Thron und der Wesir Aja übernahm für ihn die Regierungsgeschäfte, bis Tutanchamun selbst dazu in der Lage war. Eigentlich war Tutanchamun kein bedeutender Pharao. Das Besondere an ihm: Sein Grab wurde nicht geplündert, und die Schätze, die man dort fand, sind absolut einmalig. Außerdem …"

Ein Klopfgeräusch am Fenster ließ die Freunde zusammenfahren.

Kim schaute in die Richtung und traute ihren Augen nicht. Auf der Fensterbank hob sich ein Schatten ab, der die Form eines Vogels hatte. Kim ahnte, wer dort in der Dunkelheit Einlass begehrte. Mit schnellen Schritten lief sie zum Fenster und öffnete es. Der Falke flatterte in die Bibliothek und setzte sich auf das oberste Brett eines Regals, in dem zahlreiche Bände zum Thema Mittelalter untergebracht waren. Kija stoppte ihre unruhige Wanderung, setzte sich hin und fixierte den Falken, der wiederum die Katze nicht aus den Augen ließ.

„Warum hast du den Vogel hereingelassen?“, rief Leon. „Den kriegen wir hier nie mehr raus!“

„Doch, doch“, erwiderte Kim ungerührt. „Denn das ist kein normaler Vogel.“

„Wie meinst du das?“

„Das ist der Falke von heute Morgen. Erinnert ihr euch? Ich habe ihn euch vor dem Museum gezeigt.“

Leon murmelte etwas Unverständliches, und Julian kratzte sich am Hinterkopf.

„Ich habe das komische Gefühl, dass dieser Falke uns auf etwas hinweisen möchte“, sagte Kim leise.

Und als habe der Falke sie verstanden, schwebte er vom Regal mit den Mittelalter-Büchern in den angrenzenden Raum.

„Kommt!“, rief Kim und lief dem Vogel hinterher. Das Mädchen war überzeugt, dass der Falke zum sorgsam getarnten Zeit-Raum fliegen würde. Und genau so war es auch. Der Falke segelte mit weit ausgebreiteten Schwingen zu einem Regal, das auf einer Schiene im Boden zu Seite geschoben werden konnte. Dahinter verbarg sich Tempus.

„Seid ihr bereit, nach Theben in das Todesjahr von Tutanchamun zu reisen? In das Jahr 1327 vor Christus?“, fragte Kim ihre Freunde.

Die beiden Jungen nickten knapp. Kija maunzte aufgeregt. Mit vereinten Kräften schoben Kim, Julian und Leon das Regal auf der Schiene zur Seite. Die schwarze, reich verzierte Tür von Tempus tauchte auf. Wie immer schlugen die Herzen der Freunde höher. Niemals würde das Betreten dieses unheimlichen Raumes Routine werden. Wortlos öffneten sie die Pforte und tauchten in die verwirrende, neblige und bläulich schimmernde Welt von Tempus ein. Diesmal wurden sie nicht nur von einem Tier begleitet, sondern von zweien: Der Falke flog dicht über den Köpfen der Freunde. Unvermittelt stieß er einen spitzen Schrei aus. Die Zeitdetektive, die auf der Suche nach dem Tor mit der Zahl 1327 vor Christus unsicher über den im Rhythmus der Zeit pulsierenden Boden gingen, sahen in seine Richtung. Der Falke schoss wie ein Pfeil auf eine der Pforten zu. Julian, Leon und Kim erreichten das Tor und zogen es auf. Ein warmer Wind erfasste sie und schien sie durch den Eingang ziehen zu wollen. Die Freunde hielten noch einen Moment inne, fassten sich an den Händen und konzentrierten sich mit aller Kraft auf die Stadt Theben. Dann begann sich alles rasend schnell zu drehen. Die Reise durch die Zeit hatte begonnen.

Der Fluch

Die Freunde glitten durch das Gestein eines *Pylonen*, der den Eingang zur Tempelanlage bildete, die den Göttern *Amun*, *Chons* und *Mut* geweiht war. Niemand hatte die Ankunft der Freunde in Theben bemerkt.

„Mann, ist das herrlich heiß hier!“, rief Leon begeistert. Wie Julian war er nur mit einem weißen Lendenschurz bekleidet. Kim trug ein weißes Leinenkleid, das von zwei Trägern über den Schultern gehalten wurde.

„Ja, ein Traum!“, antwortete das Mädchen. Obwohl die Sonne bereits langsam unterging, war es noch sehr warm. „Und Kija fühlt sich in ihrer alten Heimat auch tierisch wohl.“

Das stimmte. Der Schwanz der Katze hatte die Form eines Fragezeichens, was bedeutete, dass Kija ausgesprochen gute Laune hatte.

„Den Pylonen können wir kaum verfehlen, wenn wir wieder nach Siebenthann wollen. Den kennen wir schließlich noch von unserem letzten Besuch in Ägypten, als wir die Verschwörung gegen die Pharaonin Hatschepsut aufgedeckt haben!“, sagte Julian.

Wie immer auf ihren Zeitreisen mussten sich die Freunde den Ort ihrer Ankunft gut merken. Denn nur von dort aus konnten sie wieder die Rückreise antreten.

Kim strich sich eine Haarsträhne aus dem Gesicht.

„Kommt, Jungs. Jetzt schauen wir uns erst mal Theben an. Bin gespannt, ob sich seit unserem letzten Besuch viel verändert hat.“ Sie warf einen Blick auf die Katze. „Willst du vorangehen? Auf zum Palast von Tutanchamun!“

„Langsam, langsam“, bremste Julian die Freundin. „Willst du einfach in den Palast marschieren? Man wird uns hochkant rauswerfen!“

Kim grinste. „Vielleicht haben wir ja wieder Glück und finden Arbeit im Palast. So wie damals bei Hatschepsut. Lasst es uns doch einfach versuchen.“

Julian seufzte leise. Kims Optimismus war grenzenlos. Aber vielleicht machte er sich oft auch zu viele Gedanken und überlegte, was alles schief gehen könnte. Nachdenklich folgte er seinen Freunden.

Kija stürmte voran. Von der Tempelanlage führte der Weg am Nil entlang. Fischer standen im Wasser und mühten sich mit einem großen Netz ab, in dem zahlreiche Fische zappelten. Am Ufer tobten einige Kinder herum, während mehrere Frauen Wasser in Tonkrüge schöpften. Etwas abseits, halb verborgen vom hohen Schilf, stand ein Mann mit Pfeil und Bogen, der auf der Entenjagd war.

Die Freunde folgten einem Bauern, der einen Esel, beladen mit Säcken, vor sich hertrieb. War die Bebauung in der Nähe der Tempelanlage noch spärlich gewesen, so wurde sie jetzt rasch immer dichter. Die gedrungenen, weiß getünchten Ziegel-Häuser mit ihren Flachdächern schienen immer dichter zusammenzurücken. Der Weg gabelte sich und mündete in einem Gewirr von Gassen. Die Freunde hatten die Innenstadt von Theben erreicht. Wohnhäuser, Geschäfte, Werkstätten, Kneipen und Ställe drängten sich aneinander. Die Luft zwischen den Gebäuden stand. Kein Windhauch sorgte für Abkühlung. Überall wurde etwas angeboten und verkauft. In Pferchen blökten Rinder, quiekten Schweine, schnatterten Enten, meckerten Ziegen und wieherten Pferde. An einem Stand gab es Glücksbringer wie Ankh-Kreuze oder Skarabäus-Ringe zu kaufen. An anderen Ständen wurden duftende Gewürze, schwere Weine, süße Datteln und ofenwarmes Gerstenbrot angeboten.

Ein Händler pries seine blank polierten Spiegel an,

ein weiterer versuchte lautstark eine Wundersalbe gegen Schmerzen aller Art zu verkaufen. Eine junge Frau warb mit heller Stimme für ihre fein gewebten Stoffe. Wie immer auf ihren Zeitreisen verstanden Julian, Kim und Leon die Landessprache ohne Probleme.

Staunend ließen sie sich durch das Gedränge treiben. Inzwischen hatten sie es aufgegeben, gezielt nach dem Palast zu suchen. Die Eindrücke, die auf sie einstürmten, waren vielfältig und verwirrend. Nach einer Stunde gelangten sie in ein ärmliches Viertel, in dem viele der einfachen Ziegelhäuser eingestürzt waren. Plötzlich wurden Rufe laut.

„Verfluchter Betrüger!“, keifte eine Stimme. „Bei Amun, ich bringe dich um!“

Ein junger, zierlicher Mann sprang mit einem riesigen Satz aus einem Wirtshaus. Ihm auf den Fersen war ein wahrer Riese, groß und kräftig, dessen Gesicht zu einer wütenden Fratze verzerrt war. Er schleuderte dem Fliehenden einen Tonkrug hinterher, der ihn nur knapp verfehlte und laut scheppernd an der Wand des Nachbarhauses zerbrach.

Der junge Mann rannte geduckt an den Freunden vorbei. Dabei warf er ihnen einen flehenden Blick zu. „Helft mir, wenn mich Kaaper erwischt, ist es aus mit mir!“

Schon rannte er weiter, aber in dem dichten Gedränge kam er nur sehr langsam voran. Niemand schien sich ernsthaft für den Streit zu interessieren. Vor allem kam niemand auf die Idee, dem jungen Mann zu helfen.

„Gleich habe ich dich!“, brüllte der Riese namens Kaaper, schnappte sich eine lange Holzlatte und nahm die Verfolgung auf.

Leon handelte ohne groß zu überlegen. Als der Riese an ihm vorbeistürmte, stellte er ihm kurzerhand ein Bein. Kaaper schrie auf, kam aus dem Gleichgewicht und krachte in den Staub.

„Abhauen! Schnell!“, rief Leon Kim und Julian zu und flitzte los. Geschickt bahnten sich die Freunde ihren Weg durch die Menge. Kaaper hatte sich inzwischen wieder aufgerappelt und war noch wütender als zuvor. Fluchend und schnaufend wie ein Nilpferd verfolgte er sie. Kurz darauf landeten die Freunde in einer Sackgasse. Hektisch blickten sie sich um. Wohin jetzt?

„Psst, hierher!“, wisperte eine Stimme neben ihnen.

Hinter einer Holztür winkte ihnen der junge Mann zu, der gerade noch von dem Riesen verfolgt worden war. Rasch glitten die Freunde durch die Tür. Der junge Mann verriegelte sie.

Draußen ertönte die zornige Stimme von Kaaper,

aber sie wurde schnell leiser. Der Riese hatte die Spur der Freunde verloren.

„Puh, das war knapp!“, sagte der junge Mann im Flur seines Hauses. Er hatte ein schmales Gesicht mit einer himmelwärts gerichteten Stupsnase und ausgesprochen lebendigen Augen. Es war kein schönes Gesicht, aber ein interessantes.

„Ich danke euch vielmals. Ihr habt mir das Leben gerettet!“, ergänzte der junge Mann. „Ich heiße übrigens Iti.“

„Danke, du hast uns auch gerettet!“, erwiderten Leon, Julian und Kim lachend. Sie gaben Iti die Hand und stellten sich ebenfalls vor.

Auf Itis Frage nach ihrer Herkunft erzählte Julian die Geschichte, die er immer bei solchen Fragen erzählte: Kim, Leon und er seien Waisen und hofften auf Arbeit in der großen Stadt Theben. Und Kija, die Katze, gehöre einfach zu ihnen.

„Ihr könnt gerne erst einmal hier bleiben“, bot Iti an. „Zum Dank, dass ihr mir geholfen habt. Morgen sehen wir dann weiter. Vielleicht findet ihr irgendwo Arbeit.“

Er führte seine Gäste vom Flur ins angrenzende Zimmer. Es hatte nur ein schmales, rechteckiges Fenster kurz unterhalb der Decke, sodass der Raum in angenehmes Halbdunkel getaucht war. Drei kleine Stühle, ein niedriger Tisch, ein paar Krüge und eine Pritsche: Das war die gesamte Einrichtung. Vom Wohn- und Schlafraum konnte man in zwei weitere Räume blicken.

Einer davon war die Küche. Darin verschwand Iti für einen Moment und kam mit einem Krug *Irtet* zu ihnen zurück. Den Freunden schmeckte die Ziegenmilch hervorragend. Jetzt erst bemerkten sie, wie durstig sie waren.

„Warum hat dich der große Kerl eigentlich verfolgt?“, fragte Leon, während er sich den Mund mit dem Handrücken abwischte.

Iti hob die schmalen Schultern. „Och, eigentlich war nichts Besonderes. Wir haben nur gespielt. Und der dicke Kaaper hat behauptet, dass ich geschummelt hätte.“

Leon hatte das Gefühl, dass das nicht die ganze Wahrheit war. Also bohrte er nach: „Aber deswegen geht man doch nicht gleich mit einer Holzlatte auf jemanden los.“

Iti druckste etwas herum, dann gab er zu: „Na ja, wir haben nicht zum Spaß gespielt. Wir haben um *Deben* gespielt. Um ziemlich viele Deben, ehrlich gesagt. Und wenn Kaaper verliert, wird er ungemütlich, wie ihr gesehen habt. In diesem Viertel gibt's eine Menge Leute, die schnell zuschlagen."

„Hast du ihn betrogen?", fragte Kim, während sie ihre Trinkschale mit Milch vor Kija auf den Boden stellte.

Iti sah zur Decke. „Sagen wir es mal so: Ich habe meinem Glück ein wenig nachgeholfen. Und irgendwie muss das Kaaper gemerkt haben. Aber die Gefahr ist ja vorerst gebannt. Habt ihr auch Hunger?"

Die Freunde nickten.

Offenbar erleichtert, das Thema erfolgreich gewechselt zu haben, ging Iti erneut in die Küche. Diesmal brachte er Granatäpfel, Feigen und eine Melone mit. Während sie aßen, erzählte Iti, dass er am Hof des Pharaos arbeite.

„Heute habe ich frei, aber sonst bin ich jeden Tag im Palast. Ich komme dem großen Falkengott sogar sehr nahe", erzählte Iti stolz. „Ich darf den großen Pharao Tutanchamun massieren! Dafür verwende ich natürlich nur die feinsten Kräuteröle." Iti senkte die Stimme und klang mit einem Mal traurig. „Unser geliebter Pharao hat oft schlimme Schmerzen im Rücken. Er kann den Kopf nicht richtig drehen. Irgendetwas stimmt mit seiner Wirbelsäule nicht. Aber ich gebe mir immer größte Mühe, die Schmerzen zu lindern. Doch häufig scheint es umsonst zu sein. Unser Pharao hat viel Pech. Manchmal kommt es mir so vor, als läge ein Fluch auf ihm und seiner wunderschönen Frau Anchesenamun."

„Ein Fluch?" Julian war hellhörig geworden.

„Ja", führte Iti aus. „Anchesenamun hat noch keine lebenden Kinder geboren. Sie ist todunglücklich darüber. Mein Herr lässt sich nichts anmerken, aber ich sehe ihm an, dass auch er sehr traurig ist. Und dann auch noch diese ständigen Rückenschmerzen! Ja, ich glaube, auf ihm und seiner Familie lastet ein Fluch. *Seth* steckt hinter allem!"

Kim und Leon warfen Julian einen fragenden Blick zu. Seth? Wer war das nun wieder?

Julian gab den Freunden mit den Augen zu verstehen, dass sie schweigen sollten. Er wusste sehr wohl, wer Seth war. Er hatte es in einem Ägypten-Buch gelesen. Wenn etwas die Ägypter in große Angst versetzte, war es Seth. Er war der ägyptische Gott des Umsturzes und des Unheils, der Herrscher über das Böse.

Auch wenn Julian sich sagte, dass Iti nur abergläubisch war, ein kleiner Zweifel nagte doch an ihm, ob an der Geschichte vom göttlichen Fluch nicht doch etwas dran sein könnte …

Tod im Palast

Der Sonnengott *Re* tauchte das Land am Nil in ein warmes Morgenrot. Vom Fluss drangen die Rufe der Fischer, die auf ihren Schilfbooten zum Fang aufgebrochen waren. Aber auch in der Stadt selbst war das Leben längst erwacht. Händler zogen mit ihren Eselskarren lärmend durch die Gassen.

Kim erwachte vor Julian und Leon. Sie brauchte einige Sekunden, bis ihr wieder einfiel, dass sie in Ägypten waren und die Nacht in Itis Haus verbracht hatten. Schlaftrunken gähnte sie. Ihr Rücken tat weh. Das lag sicherlich an der dünnen Binsenmatte, die ihr als Matratze diente. Aber daran würde sie sich schon noch gewöhnen.

Iti hatte sie in einer schmalen Kammer neben der Küche einquartiert. Die Unterkunft war denkbar einfach, aber Kim und ihre Freunde waren froh gewesen, überhaupt ein Dach über dem Kopf zu haben.

Leise stand Kim auf. Sie spürte starken Durst und

ging in die Küche. Dort stand ein Krug mit kühlem Wasser. Kim trank in langen Zügen. Als sie den Krug absetzte, spürte sie etwas Weiches, Warmes an ihren nackten Beinen: Kija. Kim kniete sich auf den Boden und streichelte die schnurrende Katze. Dabei sah sie sich um. Iti schien bereits zur Arbeit in den Palast gegangen zu sein.

Bei dem Gedanken an Iti musste Kim grinsen. Gestern Abend hatte er noch ein Brettspiel hervorgeholt und ihnen die Regeln erklärt. Diese entsprachen ziemlich genau denen des Dame-Spiels, das sie aus ihrer Zeit kannten. Gerade im Winter spielten Kim, Leon und Julian häufig miteinander. Kim liebte vor allem Schach und Mühle, aber auch Dame.

Bis gestern Abend hatte sie geglaubt, dieses Spiel gut zu beherrschen. Schließlich hatten Leon oder Julian gegen sie nie eine Chance. Gestern jedoch war sie gegen Iti angetreten und hatte haushoch verloren. Iti hatte die Steine mit einer unglaublichen Geschwindigkeit bewegt. Dabei hatte er lustige Episoden aus dem Palast erzählt. Und dadurch hatte sich Kim immer wieder ablenken lassen. Merkwürdigerweise standen Itis Spielsteine nach jeder witzigen Geschichte immer sehr gut, auch wenn er sich kurz vorher in einer eher gefährlichen Lage befunden hatte. Doch Kim war es nie gelungen, Iti bei einer seiner Schummeleien zu erwischen. Es hatte ihr auch nichts ausgemacht, gegen Iti zu verlieren, solange er die Geschichten aus dem Palast erzählte – und solange sie nicht um Deben spielten.

Kim trat vor das Haus, fand einen Brunnen und füllte den Krug für ihre Freunde wieder auf. Während sie zurückging, hoffte sie, dass Iti Arbeit für sie, Leon und Julian finden würde. Unmöglich, dass sie Itis Gastfreundschaft länger als unbedingt nötig beanspruchten. Seinem Haus nach zu urteilen, war Iti kein reicher Mann. Kim beschloss, dass Leon, Julian und sie möglichst schnell Geld verdienen mussten, damit sie Obst, Brot und vielleicht sogar etwas Fleisch für Iti kaufen konnten. Das waren sie ihm einfach schuldig.

„Na, hast du schon gefrühstückt? Warst du auf der Jagd?“, fragte Kim Kija leise, als sie wieder das Haus betreten hatte. Das Miauen der Katze deutete Kim so, dass Kija bereits satt war. Dann weckte Kim ihre Freunde.

„Kommt, ihr Schnarcher, wir sind schließlich nicht zum Vergnügen hier!“, rief sie lachend.

Julian spielte toter Mann. Leon brummelte etwas, was nicht sehr freundlich klang. Aber zwei Minuten später waren auch die beiden Jungen einigermaßen munter.

„Lasst uns zum Palast gehen“, schlug Kim vor. „Vielleicht finden wir ja dort auch Arbeit, irgendeinen Dienerjob, so wie damals bei Hatschepsut in der Küche. Dann wären wir in der Nähe von Tutanchamun und könnten herausfinden, wie er starb.“

Leon und Julian waren einverstanden, und so marschierten die Freunde kurz darauf durch Thebens Gässchen. Ein paar Kinder wiesen ihnen den Weg zu Tutanchamuns Palast. Der Weg führte aus der quirligen Innenstadt zu einer herrlichen Grünanlage mit Platanen, Weiden und farbenprächtigen Beeten. In einem kleinen See spazierten Ibisse herum. Dann tauchte zwischen den Baumwipfeln der Palast auf – ein flacher, lang gestreckter Bau, dessen verputzte Ziegelwände mit bunten Motiven, zumeist ägyptischen Göttern und Tiersymbolen, verziert waren. Am mächtigen Tor standen mehrere mit Speeren sowie Pfeil und Bogen bewaffnete Wachen.

„Das sieht nicht gut aus“, sagte Julian. „Die lassen uns niemals durch.“

Kim ließ sich davon nicht beeindrucken. „Kommt auf einen Versuch an“, antwortete sie und lief unbekümmert auf die Wachen zu. Dabei fiel ihr ein Falke auf, der über ihnen kreiste. Ob das der Falke war, den

sie vor dem Museum und später in der Bibliothek von Siebenthann gesehen hatten? Der Vogel, der ihnen den Weg zur richtigen Tür im Zeit-Raum gezeigt hatte? Aber hatte der Falke überhaupt die Zeitreise mitgemacht? Der Vogel war auf die Tür zugeflogen – aber dann?

Stimmen wurden laut. Kim sah wieder zum Palast. Das Tor wurde gerade geöffnet. Menschen strömten heraus. Es erhob sich großes Geschrei. Die Freunde liefen rasch näher, um die Ursache für den Tumult zu erfahren. Immer mehr Menschen drängten aus dem Palast. Im allgemeinen Chaos fielen die Freunde nicht weiter auf.

„Bei Osiris, der Pharao ist tot!“, rief ein älterer Mann und schlug sich die Hände vors Gesicht. „Der göttliche Herrscher ist tot, tot, tot!“

„Scheint so, als seien wir zum richtigen Zeitpunkt am richtigen Ort“, zischte Leon aufgeregt.

„Was ist passiert?“, rief eine der Wachen.

„Man hat ihn tot im Bäderbereich gefunden!“, schrie jemand. „Offenbar ist er gestürzt. Ich habe …“

Der Rest des Satzes ging im Gebrüll unter. Weitere Menschen kamen aus dem Tor, und die Freunde wurden abgedrängt.

„He, da ist ja auch Iti!“, erkannte Julian.

Jetzt erblickten auch Leon und Kim den jungen Mann. Die Freunde bahnten sich einen Weg durch die aufgebrachte Menge und erreichten den Palastdiener.

„Iti!“, rief Julian. „Was ist passiert?“

In Itis Gesicht stand tiefe Trauer. „Er ist tot!“, wisperte er. „Der große, gütige Pharao ist tot.“

„Das haben wir auch schon gehört“, entgegnete Julian ruhig. „Aber wie ist das geschehen?“

Iti sah sich um. Auf seiner Stirn stand Schweiß. Seine Unterlippe zitterte.

„Ich kann nicht ...“ Er stoppte. Wieder blickte er sich um. „Nicht hier, kommt hier weg!“ Iti zog die Freunde ein paar Meter von der Menge fort.

Julian legte ihm eine Hand auf die Schulter. „Es tut mir Leid für dich, dass der Pharao tot ist. Was für ein schrecklicher Unfall ...“

Der Palastdiener schüttelte den Kopf.

Julian kniff die Augen zusammen. „War es etwa kein Unfall?“

Jetzt zitterte Iti am ganzen Körper.

„Sollen wir dich nach Hause bringen?“, fragte Julian.

„Nein, lasst nur“, entgegnete Iti dumpf und wischte sich eine Träne aus dem Augenwinkel. „Ich habe immer gesagt, dass ein Fluch auf dem Pharao liegt. Und jetzt ist er tot. Er war doch noch so jung!“

Betroffen schwiegen die Freunde. Kurze Zeit sagte niemand ein Wort. Dann wagte Julian einen weiteren Vorstoß.

„Einer der Männer sagte, dass Tutanchamun im Bäderbereich gefunden wurde. Dort arbeitest du doch, oder?"

Iti nickte heftig, schwieg aber. Er sah über die Schulter zum Palasttor. Ein Offizier war aufgetaucht und versuchte, die Menge zu zerstreuen.

„Und? War es ein Unfall?"

Der Palastdiener schloss die Augen und wandte sein Gesicht zur Sonne, die inzwischen den unendlich blauen Himmel erobert hatte.

„Ich ... ich weiß es nicht", stammelte Iti. „Ich ... ich habe den Pharao massiert. Er hatte wieder schlimme Rückenschmerzen. Danach wollte er sich noch ein wenig auf der Liege entspannen und schickte mich fort. Also ließ ich den Pharao allein zurück."

„Und dann?"

„Einige Zeit später sah ich noch einmal nach ihm. Der Pharao ruhte nach wie vor auf der Liege. Ich nahm an, dass er eingeschlafen war."

„Vorhin hörten wir, dass der Pharao gestürzt sei. Aber du sagst, dass er auf dem Bett lag."

„Gestürzt?", entgegnete Iti. „Nein, das glaube ich

nicht. Der Pharao lag auf dem Bett, das habe ich doch gesehen."

„Also wurde er tot auf der Liege gefunden?"

„Ja", erwiderte Iti.

„Hast du ihn gefunden?"

Iti verneinte. „Ich war im angrenzenden Raum und habe dort Öle zusammengemischt. Dann hörte ich plötzlich Schreie und sah nach. Da standen auch schon einige Männer um die Liege herum. Tutanchamun lag nach wie vor darauf."

„Demnach kann er nicht gestürzt sein", schloss Julian daraus. „Was ist dann wirklich passiert? Ist dir irgendetwas aufgefallen, Iti?"

Der Diener wand sich. Er schien große Angst zu haben.

„Ja, etwas war allerdings merkwürdig. Zumindest im Nachhinein …"

„Was war es?", bedrängte Julian Iti.

Gerade als Iti antworten wollte, ertönte eine kräftige Stimme am Tor. Der Palastdiener blickte in diese Richtung und erstarrte. Die Freunde folgten seinem Blick und sahen einen großen, alten Mann in einem wallenden, weißen Gewand. In das Gewand war das Bild einer Frau mit einer Feder auf den Kopf eingewebt – *Maat*, die Göttin der Gerechtigkeit.

„Das ist Aja, der *Wesir*“, erklärte Iti ehrfurchtsvoll.

Mit einer einzigen Geste brachte Aja die Menge zum Schweigen.

„Geht wieder an eure Arbeit“, ordnete der Wesir kühl an, und alle gehorchten augenblicklich. Nun sah Aja zu Iti hinüber. Der Diener schien unter dem harten Blick zu schrumpfen. Schon machte Iti Anstalten, zum Palasttor zu gehen, aber Julian hielt ihn fest.

„Was war so merkwürdig, Iti? Sag es uns noch schnell, bitte.“

„Nein, ich kann nicht“, sagte Iti, wirkte aber unschlüssig.

„Was war es, Iti?“

Itis Augen weiteten sich vor Angst. Der Wesir kam geradewegs auf ihn zu. Und das schien ihn in Panik zu versetzen.

„Als ich nach dem Massieren noch einmal nach dem Pharao sah, huschte eine Gestalt aus dem Raum“, sagte Iti schnell. „Ich habe mir nichts dabei gedacht. Aber, jetzt …“

„Wer war das?“

Iti wollte gerade antworten, als Aja ihn erreichte.

„Bist du taub?“, herrschte der Wesir den Diener an. Sein Blick war eiskalt und seine Stimme schneidend wie ein Schwert. „Geh sofort an deine Arbeit, sonst lasse ich dich auspeitschen! Und was hast du hier überhaupt herumzutuscheln?“

Iti verbeugte sich tief. „Nichts, wir haben uns nur ein wenig … äh … unterhalten.“ Dann schlich er davon wie ein geprügelter Hund.

Ohne die Freunde auch nur eines Blickes zu würdigen, stolzierte Aja ebenfalls zum Palasttor zurück.

„Wir sehen uns heute Abend!“, rief Julian Iti nach.

Der Diener des toten Pharaos nickte andeutungsweise. Es war nur eine kleine Geste, aber sie war den scharfen Augen des Wesirs nicht entgangen.

„Wer kann diese Gestalt im Bäderbereich nur gewesen sein, von der Iti erzählt hat?“, überlegte Julian, sobald Aja außer Hörweite war. „Ob sie etwas mit Tutanchamuns Tod zu tun hat?“

Leon zupfte an seinem Ohrläppchen und dachte scharf nach. „Ich habe den Eindruck, dass zumindest Iti das glaubt. Wir müssen dringend mehr über diese geheimnisvolle Person in Erfahrung bringen. Heute Abend wird uns Iti bestimmt mehr erzählen. Dann ist dieser Wesir ja nicht dabei.“

„Hoffentlich haben wir Iti jetzt nicht in Schwierigkeiten gebracht“, überlegte Kim. „Der Wesir hat mitbekommen, dass wir uns noch einmal treffen wollen. Und Iti scheint ganz schön Angst vor ihm zu haben.“

Der Gott des Bösen

Theben stand unter Schock. Die Nachricht vom Tod des Pharaos verbreitete sich schnell wie ein Wüstensturm. Das alltägliche Leben kam völlig zum Erliegen. Die Menschen versanken in einer seltsamen Starre und schienen unfähig, das Geschehene zu begreifen.

Angst mischte sich in die Trauer über den Tod des Herrschers. Der Tod eines Pharaos bedeutete immer Ungewissheit und Gefahr. Ein Volk ohne Herrscher, ohne Führung war verwundbar. Von den Hethitern im Osten oder den Nubiern im Süden des Landes am Nil ging eine ständige Bedrohung aus. Den ganzen Tag über versuchten die Freunde, Arbeit zu finden, doch fast immer ernteten sie nur Kopfschütteln. Niemand dachte in solch einer Zeit ans Arbeiten. Nur einmal hatten sie Glück, als sie beim Entladen eines Frachtkahnes helfen durften, der einem reichen Nubier gehörte. Ihr Lohn war ein spärliches Mittagessen, bestehend aus hartem Brot und einigen überreifen Früchten.

Nun ruhte die ganze Hoffnung der Freunde auf Iti. Gegen Abend gingen sie müde zu seinem kleinen Haus zurück. Als sie es erreichten, war es bereits dunkel. Leon klopfte an die Tür.

„He, Iti, wir sind es!“, rief er.

Doch er erhielt keine Antwort. Noch einmal klopfte Leon gegen das Holz, aber auch diesmal blieb es still.

„Er scheint nicht da zu sein“, sagte Leon enttäuscht. Wie seine Freunde war er müde. „Ob er noch im Palast ist?“

„Vielleicht ist er ja einkaufen gegangen. Oder er spielt eine Partie Dame mit jemandem, der so unvorsichtig ist, gegen ihn anzutreten“, mutmaßte Kim und hockte sich neben die Tür auf den Boden. Sie begann Kija zu streicheln, die noch keine Anzeichen von Müdigkeit zeigte.

Julian massierte seine Schläfen, als habe er Kopfschmerzen.

„Mit dem dicken Kaaper wird Iti nicht spielen, das steht fest. Aber womöglich ...“

Er brach den Satz ab, weil ihm etwas an der Tür aufgefallen war.

„Was ist?“, fragte Leon.

Julian entgegnete nichts, sondern ging dicht an die Tür heran. Dann rief er aufgeregt: „Schaut mal her!“

Seufzend rappelte sich Kim auf. Auch Leon trat zu Julian heran. Julians Zeigefinger fuhr die Konturen einer Zeichnung nach, die an der Pforte prangte.

„Was ist das für ein komisches Tier?“, wollte Kim wissen. „Es hat eckige Ohren und eine verdammt lange Nase. Nicht gerade eine Schönheit.“

„Ich bin mir fast sicher, dass die Zeichnung heute Morgen noch nicht da war“, bemerkte Leon.

„Richtig“, stimmte Julian ihm zu. „Aber was mich noch mehr beunruhigt, ist die Tatsache, dass es sich bei diesem komischen Tier, wie Kim es nennt, um den Gott Seth handelt.“

„Seth? Den hat doch Iti gestern Abend erwähnt.“

Julian nickte. „Seth ist der Gott des Umsturzes und des Bösen“, sagte er fast tonlos.

Kim hob die Schultern. „Könnte doch sein, dass sich jemand einen blöden Scherz erlaubt hat. Ein Kind, dem langweilig war. Was regst du dich so auf, Julian?“

„Weil ich glaube, dass es sich keineswegs um einen Scherz handelt“, erwiderte Julian. Nachdem er sich vergewissert hatte, dass ihn niemand beobachtete, gab er der Tür einen Tritt. Schon schwang sie auf.

„Das kannst du doch nicht machen!“, zischte Kim entsetzt. „Dir würde es auch nicht gefallen, wenn jemand einfach in dein Haus latscht!“

Doch Julian beachtete ihren Einwand nicht. Stattdessen beugte er sich zur Türschwelle hinab. Dort hatten kleine dunkle Flecken seine Aufmerksamkeit erregt. Im ersten fahlen Mondlicht erkannte Julian, dass die Flecken feucht schimmerten. Er steckte einen Finger in die Flüssigkeit und hielt ihn dicht vor seine Augen.

„Blut", wisperte er. „Das ist Blut! Hier ist irgendetwas passiert!"

„Hoffentlich ist Iti nichts zugestoßen!", sagte Kim. In diesem Moment huschte Kija an ihr vorbei ins Haus. „Kija!", rief Kim. „Komm sofort zurück". Aber die Katze blieb verschwunden. „Gut, dann gehen wir eben auch rein", sagte Kim fest entschlossen.

Julian tippte sich an die Stirn. „Bist du lebensmüde? Vielleicht stecken noch irgendwelche Verbrecher im Haus!"

Für ein paar Sekunden geriet Kim ins Grübeln, doch dann erwiderte sie: „Kija ist im Haus. Und ich werde sie jetzt rausholen. Wenn ihr nicht mitkommt, gehe ich allein!"

Leon gab Julian einen Klaps. „Komm schon, dann sind wir immerhin zu dritt", sagte er aufmunternd, aber es klang nicht besonders überzeugend.

Und so gingen die Freunde vorsichtig in den Flur.

Vom Wohn- und Schlafraum kam ein schwacher Lichtschein. Überrascht stellten die Freunde fest, dass das Zimmer von einem Öllämpchen erhellt wurde. Wer das Haus zuletzt verlassen hatte, musste es eilig gehabt haben. Er hatte vergessen, das Licht zu löschen.

Ein Miauen war zu hören.

„Kija!“, stieß Kim erleichtert hervor. „Da bist du ja!“

Die Katze hockte neben dem Tisch, der umgestürzt war. Die Stühle waren zersplittert. Tonscherben lagen überall auf dem Boden.

„Sieht so aus, als sei hier gekämpft worden“, vermutete Leon, während sich seine Nackenhaare sträubten. Ein Rascheln aus der Küche ließ ihn zusammenfahren. Unwillkürlich machte Leon ein paar Schritte zurück, bis er ganz dicht bei Kim und Julian stand.

„Was … was war das?“, stammelte Julian mit Panik in der Stimme.

„Keine Ahnung“, gab Leon zurück. Am liebsten hätte er sich umgedreht und wäre aus dem Haus gerannt. Ein Schatten huschte an ihm vorbei. Elegant und absolut geräuschlos glitt Kija in die Küche, bevor Kim sie zurückhalten konnte. Das Mädchen schloss die Augen. Warum musste Kija heute immer gerade dahin gehen, wo die meiste Gefahr drohte?

Zuerst war ein wütendes Fauchen zu hören, dann folgte ein Fiepen. Danach herrschte eine gespenstische Stille. Unvermittelt tauchte die Katze wieder auf, eine Ratte zwischen den Zähnen. Stolz legte Kija den Freunden ihre Beute vor die Füße und spazierte an ihnen vorbei in den Flur. Jetzt riskierten Kim, Julian und Leon einen Blick in die Küche. Sie war leer.

„Hier ist noch mehr Blut!“, rief Julian, der sich die Öllampe genommen hatte und den Boden absuchte. Er schluckte. „Was ist hier nur passiert?“

„Na, was wohl?“, sagte Kim dumpf. „Überall sind Blutspritzer, und Iti ist nicht da. Oh, mein Gott, hoffentlich ist Iti nicht tot! Sicher wissen wir nur: Iti muss überfallen worden sein und dabei hat er sich gewehrt. Die Täter haben dieses seltsame Seth-Zeichen hinterlassen. Aber ist das eine Botschaft? Oder das Zeichen eines Geheimbundes?“

„Ich glaube nicht, dass Iti tot ist“, sagte Leon und fragte sich selbst, woher er diese Zuversicht nahm. „Und deine Theorie mit dem Geheimbund ist mir zu abgedreht, Kim. Vielleicht ging es auch nur um Spielschulden. Würde mich bei Iti nicht wundern. Wir müssen ihn gleich morgen bei Tagesanbruch suchen.“

„Okay“, stimmte Kim ihm zu. „Aber ich glaube nicht, dass sein Verschwinden mit Spielschulden zu tun hat. Ich habe eher das Gefühl, dass der Wesir Aja hinter der Sache steckt."

„Wie kommst du denn da drauf?", fragte Julian skeptisch.

„Aja wollte doch ganz offensichtlich verhindern, dass Iti sich mit uns unterhält", begründete Kim ihre These. „Vielleicht hat Iti etwas am Tatort gesehen, was er besser nicht gesehen hätte. Er hatte ziemlich große Angst, wisst ihr nicht mehr? Und Aja hat mitbekommen, dass Iti sich noch einmal mit uns treffen wollte – und zwar heute Abend!"

Ein erster Verdacht

Kija weckte die Freunde am nächsten Morgen, indem sie alle so lange mit der Nase anstupste, bis sie sich endlich von den Binsenmatten erhoben.

Die Stimmung war gedrückt. Denn es war allen klar, dass die Aufgabe, Iti in einer großen Stadt wie Theben zu finden, mehr als schwierig, wenn nicht sogar aussichtslos war.

„Wo sollen wir mit der Suche anfangen?“, fragte Julian, als sie auf die Straße traten.

„Vielleicht bei den Nachbarn. Womöglich haben die etwas mitbekommen“, schlug Leon vor, während er seine Augen mit der Hand beschattete. Die Sonne blendete ihn.

Sie begannen bei dem Haus rechts neben dem von Iti.

Leon klopfte an die Tür, die mit einem lauten Krachen nach innen fiel.

„Na großartig“, grummelte Leon, nachdem sich die

Staubwolke verzogen hatte. „Hier wohnt offensichtlich keiner mehr. Wirklich eine nette Gegend …“

Auch das Haus zur Linken schien nicht bewohnt. Zwar hielt die Tür Leons Klopfversuchen stand, aber es öffnete niemand. Ratlos blickten sich die Freunde an.

Da meldete sich Kija mit einem energischen Miauen. Sobald die Katze sicher war, dass alle Augen auf sie gerichtet waren, lief sie los, den Schwanz steil nach oben gerichtet.

„Sieht ganz so aus, als wolle uns Kija mal wieder etwas zeigen!“, rief Kim begeistert und folgte mit Leon und Julian dem Tier.

Kija flitzte mit solch einem Tempo durch die schmalen Gassen, dass die Freunde nur mit Mühe Schritt halten konnten.

Schließlich standen sie vor einer Schenke.

„Ach, du Schande!“, stöhnte Leon. „Das ist doch der Schuppen, in dem Iti beim Schummeln erwischt wurde!“

„Vorsicht!“, rief Julian in diesem Augenblick und zog seine Freunde hinter den Stand eines Tuchverkäufers. Jetzt erkannten Kim und Leon, warum Julian sie gewarnt hatte: Kaaper stapfte gerade auf die Schenke zu und verschwand darin.

„Gut beobachtet, Julian“, sagte Leon. „Dem Dicken möchte ich nicht unbedingt noch mal begegnen.“

„Ich auch nicht“, sagte Kim und beugte sich zu Kija hinab. „Und du meinst, dass wir in der Kneipe nach Iti fragen sollen?“ Sie rieb sich das Kinn. „Warum eigentlich nicht? Womöglich ist Iti hier Stammgast und hat dort viele Freunde. Vielleicht weiß einer, wo Iti abgeblieben ist.“

Sie mussten eine halbe Stunde warten, bis Kaaper endlich wieder auftauchte und die Schenke Richtung Nil verließ.

Nun wagten sich die Freunde aus ihrem Versteck und betraten die Gaststätte. Das Mobiliar bestand aus einigen groben Tischen und wackeligen Stühlen, auf denen ein paar ältere Männer hockten. Obwohl es früh am Morgen war, war die Schenke bereits gut besucht. Die Männer an den Tischen beachteten die Kinder nicht. Einige waren in das Brettspiel vertieft, das die Kinder von Iti kannten.

Kim ging schnurstracks zum Tresen, hinter dem ein dürrer Mann mit einem eiförmigen Glatzkopf versuchte, Fliegen zu erschlagen.

„Sei gegrüßt“, sagte Kim mit ihrem freundlichsten Lächeln. „Wir sind auf der Suche nach unserem Freund Iti und haben gehört, dass er oft hier ist.“

Der Wirt unterbrach die Fliegenjagd und sah das Mädchen mürrisch an.

„Iti? Den würde ich auch gerne wieder sehen. Der hat nämlich noch Schulden bei mir. Gestern hat er seinen *Irep* nicht bezahlt. Bei unserer letzten Begegnung hatte er es plötzlich … sagen wir mal … ausgesprochen eilig."

Kim tat erstaunt. „Ach wirklich? Wir werden ihm gern einen Gruß von dir ausrichten, wenn wir ihn finden sollten. Dann wird er sicher vorbeikommen und seine Schulden umgehend begleichen."

Der Wirt kniff die Augen zusammen. „Da wäre ich mir allerdings nicht so sicher. Aber falls ihr Iti wirklich treffen solltet, dann könnt ihr ihm gleich einen schönen Gruß von Kaaper ausrichten. Der sucht ihn nämlich ebenfalls. War gerade hier und hatte eine Stinkwut. Scheinbar hat er mit Iti auch noch eine Rechnung zu begleichen."

Der Wirt fuhr sich mit dem Zeigefinger quer über die Kehle. Kim lächelte gequält.

„Wirklich, ein gefragter Mann, dieser Iti. Hast du eine Ahnung, wo er sein könnte?"

„Nein", entgegnete der Wirt.

„Hat er hier Freunde?"

„Mag sein, dass es noch Leute gibt, die er nicht

beim Spiel betrogen hat. Aber die kommen erst gegen Abend."

Kim ließ nicht locker. „Und wie sieht es mit Verwandten aus? Leben Itis Eltern in Theben?"

Der Wirt stützte seine Ellbogen auf dem Tresen ab. „Du stellst 'ne Menge Fragen, Mädchen, und langsam wirst du lästig. Aber um dich loszuwerden, will ich dir doch noch verraten, dass Itis Vater am Hafen wohnt. Und jetzt verschwindet oder bestellt gefälligst etwas zu trinken!"

Keine zehn Minuten später hatten die drei Freunde den Hafen von Theben erreicht. Gerade legte ein plumpes, flaches Schiff aus Akazienholz an, das mit tonnenschweren Steinen für einen Tempelbau beladen war.

Kim fragte einen Schreiber, der im Schatten einer Dattelpalme mit seinem Schreibbrett hockte und auf Kundschaft wartete, nach Itis Vater. Der Schreiber deutete auf ein stattliches Haus direkt neben der Anlegestelle der Fähre, die mehrmals täglich zum anderen Nilufer übersetzte. Dort, im Westteil Thebens, lag die Stadt der Toten, die *Nekropole*.

„Lasst es mich noch einmal probieren", sagte Leon grinsend und klopfte an der Tür des eleganten Hauses. Prompt wurde sie aufgerissen, als habe jemand bereits

auf ein Klopfen gewartet. Dieser Jemand war ein Mann um die fünfzig mit einem sorgenvollen Gesicht.

„Ach, und ich dachte schon, es sei mein Sohn“, sagte der Mann enttäuscht. Dann straffte er die Schultern. „Was wollt ihr?“

„Wir sind Freunde von Iti und suchen ihn“, antwortete Julian, der sich an Leon vorbeigeschoben hatte.

„Itis Freunde?“, fragte der Mann ungläubig. „Dafür scheint ihr mir aber etwas zu jung zu sein. Mein Sohn spielt nicht mehr mit Kindern!“

Schon wollte Itis Vater die Tür zuschlagen.

„Halt, warte bitte!“, stoppte Julian ihn. Dann erzählte er dem Mann, wie sie Iti kennen gelernt hatten. Als er jedoch von Itis Beobachtungen im Palast erzählen wollte, unterbrach ihn der Mann.

„Pst, sei leise!“, flüsterte er. „Das bereden wir lieber drinnen. Kommt rein.“

Die Freunde betraten einen schattigen Innenhof, in dem es nach verschiedenen Kräutern roch.

„Ich bin Kamose“, stellte sich der Hausbesitzer vor. „Und als Arzt kuriere ich viele Leiden mit Kräutern. Einige davon ziehe ich hier in meinem kleinen Garten. Aber bitte setzt euch. Ich lasse euch etwas zu trinken bringen.“

Sobald ein Diener Wasser und Milch gebracht hatte

und wieder verschwunden war, zog Kamose seinen Stuhl dicht an die Freunde heran.

„Ich habe seit gestern nichts mehr von meinem Sohn gehört. Nur Gerüchte. Er soll verhaftet worden sein! Ich bin außer mir vor Sorge. Was hat euch Iti erzählt? Was ist im Palast vorgefallen?“

Julian erzählte, was sie wussten.

„Und jetzt haben wir gehofft, dass du weißt, wo Iti ist“, schloss Julian seinen Bericht.

„Leider nicht“, sagte Kamose, erhob sich und begann unruhig im Garten auf und ab zu gehen. „Ich bin mir sicher, dass Itis Verschwinden etwas mit dem Tod des Pharaos zu tun hat!“, rief er unvermittelt und ballte die Fäuste. „Und dahinter kann nur einer stecken! Dieser verfluchte Aja!“

Julian, Kim und Leon warfen sich verstohlene Blicke zu. Sie waren also nicht die Einzigen, die Aja im Verdacht hatten!

„Wie kommst du denn auf Aja?“, fragte Julian unschuldig.

„Aja war schon unter Pharao Echnaton Wesir. Als Echnaton starb, folgte ihm Semenchkare auf den Thron. Aber Semenchkare starb nach wenigen Monaten. Dann kam Tutanchamun an die Macht.“ Kamose lachte hohl. „Aber was sage ich da? An die Macht!

Tutanchamun war damals noch ein Kind, gerade mal sieben Jahre alt. Er saß auf dem Thron, aber Macht hatte er keine. Aja kümmerte sich rührend um den kleinen Pharao. Er unterrichtete ihn höchstpersönlich, brachte ihm Lesen, Schreiben, Rechnen und Jagen bei. Ganz allmählich übernahm Aja die Kontrolle über den Pharao und über das Reich. Jahrelang regierte Aja hinter den Kulissen das Land! Aber Tutanchamun wurde älter und selbstbewusster. Er begann, eigene Ideen zu entwickeln. Er nahm sogar einige von Ajas Entscheidungen zurück. Anders ausgedrückt: Tutanchamun nahm die Regierungsgeschäfte selbst in die Hand. Klar, dass Ajas Macht zu schwinden begann. Als Tutanchamun heiratete, wurde die Gefahr für den Wesir, ganz in die Bedeutungslosigkeit gedrängt zu werden, noch größer."

Abrupt beendete Kamose seine Wanderung und sah die Freunde scharf an. So scharf, dass Kija sich bedroht fühlte, einen Buckel machte und fauchte.

„Was wäre aus Aja geworden, wenn Tutanchamun und seine Frau Anchesenamun einen gesunden, männlichen Thronfolger bekommen hätten?", zischte Kamose. Seine Augen wurden schmal. „Es wäre ganz vorbei gewesen mit Ajas Macht-Träumen. Deshalb hat er Tutanchamun getötet, großer Horus! Wahrscheinlich hofft Aja jetzt, selbst Pharao zu werden. Tutanchamun hat keinen Nachfolger. Aja ist jetzt der mächtigste Mann in unserem Land. Und deshalb musste auch mein Iti verschwinden. Womöglich hat er im Palast etwas beobachtet, was Aja gefährlich werden könnte!"

Schwer ließ sich Kamose auf seinen Stuhl fallen und vergrub das Gesicht in den Händen. Der Arzt schluchzte leise.

„Iti ist mein einziger Sohn, ich liebe ihn über alles. Letztes Jahr ist meine Frau gestorben und jetzt ist Iti verschwunden." Er riss die Hände vom Gesicht und schrie: „Wenn Aja ihm auch nur ein Haar krümmt, werde ich ihn töten. Das schwöre ich bei Osiris!"

Kim stand auf und legte Kamose einen Arm um die Schulter. „Beruhige dich! Wir werden dir helfen, Iti zu finden", versuchte sie ihn zu trösten.

Kija schlich heran und strich dem Arzt um die Beine. Schließlich nahm er sie auf den Schoß und streichelte sie.

„Ein schönes Tier. Und diese klugen, wissenden Augen", sagte er anerkennend. „Man könnte meinen, dass diese Katze versteht, was wir sagen."

Trotz der angespannten Situation lächelte Kim. „Das haben wir auch schon öfter gedacht", sagte sie. „Kija ist wirklich ausgesprochen faszinierend."

Die Katze miaute leise, wie zur Bestätigung.

„Seht ihr!“, rief Kim. Dann wurde sie wieder ernst. „Deine Theorie klingt wirklich sehr einleuchtend“, sagte sie zu dem Arzt. „Schließlich hat Aja ein Motiv. Aber es gibt keinen Beweis, dass Tutanchamun wirklich ermordet wurde.“

„Und der einzige Zeuge, der etwas wissen könnte, nämlich Iti, ist verschwunden“, ergänzte Leon. „Eine harte Nuss, dieser Fall.“

Jetzt erhob sich Julian. „Es gibt vielleicht noch jemanden, der wissen könnte, was im Palast an diesem Morgen passiert ist“, sagte er und ließ die Worte erst einmal wirken.

Prompt waren alle Augen auf Julian gerichtet. „Wen meinst du?“

„Ich gehe davon aus, dass man Tutanchamuns Leiche zum Einbalsamieren gebracht hat“, fuhr Julian jetzt fort. „Die Priester, die bei der Einbalsamierung anwesend sind, werden dem Leichnam logischerweise sehr nahe kommen. Sie werden also auch sehen, ob der Pharao irgendwelche Verletzungen hat!“

„Sehr gut!“, rief Kamose aus. „Dass ich darauf nicht selbst gekommen bin! Einer der besten Balsamierer in Theben ist Cheriuf. Mit Sicherheit wird er sich um den Leichnam unseres verstorbenen Pharaos kümmern.“

Julian konnte Kamoses Begeisterung nicht ganz nachvollziehen. „Aber warum sollte dieser Cheriuf mit uns reden?“

Kamoses Augen blitzten, als er sagte: „Weil Cheriuf ein guter Freund von Iti ist. Es gibt aber noch einen zweiten Grund: Cheriuf hat Tutanchamun zutiefst verehrt und Aja, diese Schlange, schon immer gehasst.“

„Dann ist Cheriuf unser Mann“, sagte Leon bestimmt. „Und wenn er ein guter Freund von Iti ist, weiß er vielleicht etwas über dessen Schicksal. Wir sollten keine Zeit verlieren!“

Der Angriff der Schakale

Am frühen Abend standen die Freunde in der Nähe des Amun-Tempels. Hier hatten die königlichen Einbalsamierer ihre Räume. Die Freunde warteten bereits seit mehreren Stunden auf Cheriuf, der ihnen von Kamose gut beschrieben worden war: ein kräftiger, junger Mann mit einer auffallend spitzen, langen Nase.

Kamose selbst war nicht mitgekommen. Wenn sich der Arzt an den gefährlichen Nachforschungen direkt beteiligte, würde er Iti in noch größere Gefahr bringen, befürchteten die Freunde. Denn der Arzt Kamose war in Theben ein bekannter Mann, ganz im Gegenteil zu Kim, Leon, Julian und Kija, die kaum Verdacht erregen würden, wenn sie den Priester und Einbalsamierer Cheriuf aufsuchten.

Nach langem Hin und Her hatte Kamose widerwillig zugestimmt. Jedoch nur unter der Bedingung, dass die Freunde ihn über jeden ihrer Schritte möglichst schnell informieren würden.

Im Augenblick standen sich die drei nur die Beine in den Bauch, denn Cheriuf tauchte nicht auf. Julian nutzte die Zeit, um den einzigartigen Tempel zu bestaunen. Er bedauerte es sehr, dass sie nicht das Innere besichtigen durften. Dieser Bereich war allein den Priestern und dem Pharao vorbehalten. Aber auch von außen beeindruckte das gigantische Bauwerk den Jungen. Pharao Amenophis III. hatte den Tempel errichten lassen, wie Julian aus seinen Büchern wusste. Mit dem über und über mit religiösen Motiven verzierten Pylonen, den gleichförmigen, polierten Steinquadern und den exakten Figuren war der Tempel ein Meisterwerk der Architektur. Julian versuchte sich vorzustellen, wie tausende von Arbeitern die tonnenschweren Quader über schiefe Ebenen aus Sand und Geröll hinaufschoben und -zogen und auf den exakt vorgegebenen Plätzen einfügten. Dieser erhabene Tempel war für die Ewigkeit gedacht. Wie glücklich wären seine Erbauer gewesen, wenn sie gewusst hätten, dass ihr Tempel tatsächlich Jahrtausende überstehen würde.

„Spielst du mit?"

Julian schreckte aus seinen Gedanken hoch. „Wie bitte?", fragte er.

„Ob du mitspielst?", wiederholte Kim ihre Frage. In ihrer grenzenlosen Langeweile hatten sich Kim und

Leon wieder an das Spiel ihrer Kindergartenzeit *Ich sehe was, was du nicht siehst* erinnert.

„Ja, okay“, sagte Julian.

So vertrieben sie sich vielleicht eine Stunde lang die Zeit. Als Julian wieder mal an der Reihe war, sagte er fast beiläufig: „Ich sehe was, was ihr nicht seht … und es ist kräftig, jung und hat eine auffallend spitze Nase!“

„Cheriuf? Wo?“, fragte Kim aufgeregt.

„Na, da vorn am Tempeleingang“, sagte Julian und lief auch schon los.

Die Freunde trauten sich nicht, Cheriuf direkt vor dem Tempel anzusprechen. Sie wollten kein unnötiges Aufsehen erregen. Also folgten sie dem Priester, der das für seinen Berufsstand typische Leopardenfell trug, in einigem Abstand und warteten auf eine günstige Gelegenheit.

Die bot sich kurz darauf, als Cheriuf auf einen schmalen Weg am Nil abbog. Kim, Julian und Leon holten den Priester ein. Gerade als sie sich ihm vorstellen wollten, galoppierte ein Reiter an ihnen vorbei. Es war ein Soldat, der die drei Kinder und die Katze argwöhnisch musterte.

Dann wagten die Kinder den Priester anzusprechen.

„Ach, ihr seid Freunde von Iti?“, fragte Cheriuf und lächelte. „Habt ihr schon einmal mit ihm gespielt?“

„Ja, das haben wir, aber nicht um Deben. Jetzt machen wir uns große Sorgen um ihn", sagte Kim schnell.

Zum zweiten Mal an diesem Tag erzählten die drei die Geschichte von Itis Verschwinden.

Auf Cheriufs Stirn zeigte sich eine tiefe Falte. „Das klingt gar nicht gut", murmelte er bestürzt. „Ich habe leider auch nichts von Iti gehört. Vielleicht hat Aja ihn ins Verlies geworfen."

„Iti machte Andeutungen, dass er etwas Verdächtiges im Bäderbereich gesehen habe, und zwar unmittelbar vor Tutanchamuns Tod", berichtete Leon. „Das klang fast so, als sei der Tod des Pharaos kein Unfall gewesen …"

„Tja, und wir wissen, dass du ein Balsamierer bist, der sich auf sein Handwerk besonders gut versteht", ergänzte Kim. „Da dachten wir, dass du die Leiche gesehen haben könntest und vielleicht …"

„Kein Wort weiter!", unterbracht Cheriuf das Mädchen. „Kommt mit ans Ufer!"

Der Priester zog die Freunde zu einem schmalen Schilfstreifen. Er sah sich um.

„So, hier können wir ungestört reden", sagte er dann. Auf seiner Stirn stand Schweiß. „Nein, das war kein Unfall! Wenn ihr mich fragt, war das Mord!", platzte es aus Cheriuf heraus. „Meine Aufgabe war es, die inneren Organe und das Gehirn meines Herrn zu entfernen. Als ich den Schädel anhob, sah ich eine Wunde am Hinterkopf. Ich sage euch: Der Pharao wurde hinterrücks erschlagen! Aber wenn ich das an der falschen Stelle sage, bin ich ein toter Mann. Und ich bin noch zu jung zum Sterben! Also werde ich schweigen, auch wenn es mir noch so schwer fällt. Doch eines sage ich euch: Wenn …"

Rasch näher kommendes Pferdegetrappel ließ ihn verstummen. Voller Angst starrte Cheriuf auf den Weg, den er mit den Freunden gerade verlassen hatte. Dann ertönte ein scharfes Kommando, und das Getrappel verebbte. Offenbar hatte der Reiter sein Pferd gestoppt, und zwar genau in Höhe der Freunde. Cheriuf zog sie blitzschnell ins Schilf, sodass sie vor neugierigen Blicken verborgen waren. Mit klopfenden Herzen spähten sie durch das Schilfgras, während das kühle Nilwasser ihre Beine umspülte.

Ein Soldat tauchte auf und suchte im letzten Tageslicht den Boden ab, als schaue er nach Fußspuren. Den Freunden stockte der Atem. Das war der Reiter, der sie vorhin auf dem Weg überholt hatte. Offenbar hatte er die Aufgabe, sie zu beobachten. Jetzt murmelte er ärgerlich vor sich hin und verschwand wieder.

„Das war knapp!“, sagte Kim. „Wir müssen in Zukunft vorsichtiger sein.“

„Lasst uns schnell zu mir nach Hause gehen. Dort können wir weiterreden“, schlug Cheriuf vor.

Inzwischen hatte sich die Dunkelheit über Ägypten gesenkt. Cheriuf führte die Freunde über verschlungene Wege durch Getreidefelder, die mit Wasser aus dem Nil versorgt wurden. Cheriufs unscheinbares Haus lag etwas außerhalb des Zentrums. Hier lebten vor allem Bauern und Fischer.

„Da ist es“, sagte Cheriuf. Er klang ziemlich erleichtert. „Nicht Besonderes, aber ich lebe lieber hier draußen als in der Stadt, wo es mir viel zu laut und zu hektisch ist. Außerdem war mein Vater Fischer. Ich bin hier aufgewachsen.“

„Seid mal still!“, stieß Kim unvermittelt hervor. „Hört ihr das auch?“

Alle lauschten gebannt. Und richtig – ganz schwach waren wieder das Klappern von Hufen und ein entferntes Wiehern zu hören.

„Ein Reiter“, stellte Kim flüsternd fest. Sie schluckte. War das der Soldat von vorhin? War er ihnen immer noch auf den Fersen? Und noch wichtiger: War er allein oder hatte er Verstärkung geholt?

Kim horchte angestrengt in die Nacht. Wenn sie nicht alles täuschte, war das keineswegs nur ein Reiter. Sie unterdrückte ihre aufkommende Angst. Es mochte sogar ein ganzer Trupp Reiter sein, aber das hieß noch lange nicht, dass diese Männer hinter ihnen her waren. Wahrscheinlich hatten sie ein ganz anderes Ziel. Kim nahm Kija auf den Arm. Auch die Katze schien sich unwohl zu fühlen. Ihr graziler Körper war angespannt. Der Schwanz peitschte nervös hin und her.

„Kommt weiter“, forderte Cheriuf die Freunde auf und ging voran. Kim folgte unmittelbar hinter ihm. Das Mädchen sperrte Augen und Ohren auf. Cheriuf erreichte die Haustür und zog sie auf. Da sah Kim, dass neben der Tür mit frischer Farbe das Zeichen von Seth hingeschmiert war.

„Vorsicht!“, schrie Kim.

Cheriuf fuhr herum. „Was hast du?“

Kim deutete mit zitternder Hand auf das Zeichen. Als Cheriuf den Mund öffnete, um etwas zu sagen, begann der Boden zu beben. Von allen Seiten preschten Reiter heran!

„Eine Falle! Schnell weg!“, schrie Kim durch die Nacht. Schon rannte sie los. Die Katze sprang von ihrem Arm zu Boden und lief voraus. Ein gewaltiges Pferd stampfte Kim entgegen. Ihr Blick glitt hoch zum

Reiter. Kims Atem stockte. Der Reiter trug eine Schakal-Maske!

Eine *Anubis-Maske,* dachte Kim voller Entsetzen.

Der Reiter spannte seinen Bogen. Eine Sekunde später hörte Kim das Tod bringende Sirren. Blitzschnell warf sie sich zu Boden. Kija sprang fauchend davon und verschwand in einem Gebüsch. Mit geschlossenen Augen lag Kim wie gelähmt im Staub. Der Pfeil schlug knapp neben ihrem Kopf ein und das Pferd setzte elegant über sie hinweg.

„Hierher!“, hörte Kim ihre Freunde rufen. Leon und Julian hatten sich hinter dem Stamm einer breiten Palme verkrochen.

Kim rappelte sich auf. Sie wusste, dass sie keine zweite Chance bekommen würde. Mit einem Satz war sie bei ihren Freunden.

„Wo ist Cheriuf?“, fragte sie außer Atem.

Keine Antwort.

Dann erblickten sie ihn.

Cheriuf stand noch vor seinem Haus. Reiter hatten ihn umzingelt. Alle trugen diese schaurigen Schakal-Masken. Böse, wütende Schreie wurden laut.

„Wir müssen ihm helfen! Wir müssen die Reiter ablenken!“, rief Kim und lief auch schon los.

In diesem Moment sprangen einige der Maskenmänner vom Pferd, packten Cheriuf und fesselten ihn. Dann wurde der gefesselte Einbalsamierer quer über ein Pferd gelegt und sofort von ein paar Reitern abtransportiert.

„Ihr feigen Entführer!“, brüllte Kim außer sich vor Zorn.

Die Maskenmänner fuhren herum. Wieder wurden Pfeile angelegt und Bögen gespannt. Leon gab Kim einen Schubs, sodass sie in ein Getreidefeld taumelte.

„Wenn du leben willst, dann lauf!“, schrie Leon das Mädchen verzweifelt an. Dann rannte er mit Kim, Julian und Kija weit in das Feld hinein – dorthin, wo sie vorerst niemand finden konnte.

Der Kerker

Dicht aneinander gedrängt warteten Leon, Kim und Julian. Selten hatten sie solche Angst empfunden. Das war ein tödliches Spiel, und Seth, der Gott des Bösen, bestimmte anscheinend die Regeln.

Bange Minuten verstrichen. Dann waren endlich keine Stimmen mehr zu hören. Die Freunde wagten sich aus dem Feld.

„Die Reiter werden uns suchen“, vermutete Julian düster. „Sie werden uns jagen und versuchen, uns zu töten! Sollen wir lieber nach Siebenthann zurückreisen?“

„Nein“, widersprach Leon. „Nicht nach allem, was passiert ist. Wir müssen die Mörder von Tutanchamun zur Strecke bringen und herausfinden, was mit Cheriuf und Iti passiert ist!“

Zögernd stimmte Julian zu, doch in seiner Brust schlugen zwei Herzen. Auf der einen Seite hätte auch Julian die Abreise als feige Flucht empfunden. Andererseits hatten sie es diesmal mit besonders skrupellosen Menschen zu tun, die keine Sekunde zögern würden, sie zu töten.

„Dann haben wir jetzt nur noch eine Möglichkeit, wo wir uns verstecken können“, sagte er leise. „Bei Kamose. Wir haben ja auch versprochen, ihn über alles zu informieren.“

Eine halbe Stunde später erreichten sie das elegante Haus des Arztes. Es dauerte eine Weile, bis Kamose auf das hartnäckige Klopfen reagierte und sie endlich hereinließ.

Voller Entsetzen lauschte Kamose dem Bericht der Freunde.

„Ihr schwebt in höchster Gefahr“, sagte der Arzt, als seine Gäste ihren Bericht beendet hatten. „Ihr könnt bei mir unterkommen. Ich werde dafür sorgen, dass euch nichts geschieht. Aber auch ich habe Neuigkeiten. Zum Glück sind es bessere Nachrichten als eure. Iti scheint am Leben zu sein!“

„Wo ist er?“, fragten die Freunde wie aus einem Mund.

„Heute Abend auf dem Markt habe ich gehört, dass man Iti ins Gefängnis am Palast des Pharaos geworfen haben soll!“

„Aber du bist dir nicht sicher?“, fragte Julian nach.

„So ist es“, gab Kamose zu.

„Dann sollten wir herausfinden, ob es stimmt oder nicht“, schlug Kim vor. „Am besten jetzt gleich.“

Kamose hob abwehrend die Hände. „Ihr wollt doch nicht mitten in der Nacht zum Gefängnis gehen!“

Kim lächelte. „Warum denn nicht? Diese Ungewissheit ist doch quälend – gerade für dich, oder etwa nicht?“

Der Arzt seufzte. „Doch, natürlich. Ich bewundere euren Mut. Die Straßen Thebens sind nachts sehr gefährlich.“

„Wir sind zu viert“, widersprach Kim. Und mit einem schnellen Blick auf die Katze verbesserte sie sich: „Zu fünft wollte ich selbstverständlich sagen. Uns passiert schon nichts. Außerdem müssen wir alles unternehmen, um Iti freizubekommen. Dann kann er uns vielleicht mehr über diese merkwürdige Gestalt sagen, die er am Tatort gesehen hat.“

Entschlossen ballte Kamose die Fäuste. „So sei es, bei Hathor. Lasst uns aufbrechen!“

Zügig durchquerten Kamose und die Freunde die nächtliche Hauptstadt. Und Kim behielt Recht: Niemand stellte sich ihnen in den Weg, sah man einmal von einem Betrunkenen ab, der sie nach dem Weg zum Nil fragte. Er wollte sich offensichtlich in die kühlen Fluten stürzen, um einen klaren Kopf zu bekommen.

„Pass auf die Krokodile auf“, empfahl Kamose dem Mann. „Sonst hast du bald überhaupt keinen Kopf mehr.“

Diese Warnung fand der Mann offenbar urkomisch, denn er verschwand mit einem glucksenden Lachen in die Richtung, die Kamose ihm gezeigt hatte.

Dann erreichten sie das Gefängnis, einen unscheinbaren, düsteren Flachbau am hinteren Ende des Palastes. Der Kerker hatte nur einen einzigen Zugang, vor dem ein Wachposten mit einem Speer stand.

Während die anderen noch überlegten, was sie tun sollten, trat Kim unbekümmert an den Soldaten heran.

„Na, ziemlich langweilig hier, was?“, fragte sie mit einem süßen Lächeln.

Der Wachposten hob die Schultern. „Ja, schon. Aber es ist eine ruhige Arbeit! Und ich liebe die Nacht. Das Einzige, was mir fehlt, ist etwas zu trinken. Heute ist es ungewöhnlich heiß. Doch meinen Posten kann ich ja schlecht verlassen. Aber warum treibst du dich zu dieser späten Stunde noch hier herum? Du gehörst nach Hause.“

Nun traten Kamose, Julian und Leon heran.

„Das ist schon in Ordnung“, sagte der Arzt. „Das Mädchen ist mit mir unterwegs. Sag mal, weißt du eigentlich, wer momentan alles in deinem Gefängnis sitzt?“

„Klar“, kam es zurück. „So viele sind es nun auch wieder nicht.“

Kamose trat dicht an den Wachposten heran.

„Wir sind auf der Suche nach einem jungen Mann“, flüsterte er. „Wir müssen wissen, ob er in diesem Gefängnis sitzt!“

„Ich darf keine Namen nennen“, entgegnete der Wachposten schroff. „Kommt morgen wieder und fragt den Wesir.“

Der Arzt stöhnte leise auf. Dann griff er in seinen Umhang und zog etwas hervor, das im Mondlicht aufblitzte. „Vielleicht kann das deine Zunge etwas lösen.“

Der Wachposten warf einen schnellen Blick auf die Deben. „Das ist natürlich etwas anderes“, sagte er eine Spur freundlicher.

„Sagt dir der Name Iti etwas?“, forschte Kamose nach.

„Iti? Lass mich nachdenken. Mmh, vielleicht fällt mir zu diesem Namen etwas ein …“

„Schon gut“, stieß der Arzt ärgerlich hervor und gab dem Wachposten weitere Deben.

Dessen Gesicht hellte sich auf.

„Ah, jetzt weiß ich es wieder. Dieser Iti wurde gestern eingesperrt. Oder war es vorgestern? Ich bin mir nicht sicher, wann es war, aber Iti ist hier."

„Und er ist ganz sicher am Leben?"

„Ja", sagte der Wachposten. „Das ist er … noch …"

„Was heißt das?", fragte der Arzt scharf.

„Das heißt, dass er morgen sterben wird. Iti ist zum Tode verurteilt worden."

„Aber das ist doch vollkommen unmöglich", begehrte Kamose auf. In seiner Stimme schwang große Verzweiflung mit. „Mein Sohn hat doch gar nichts 0getan!"

„Ach, er ist dein Sohn. Daher die ganze Aufregung", gab der Wachposten in aller Ruhe zurück. „Alle sagen, dass sie unschuldig seien."

„Was genau wirft man ihm vor?", mischte sich jetzt Julian ein.

„Verrat", sagte der Wachposten unbeteiligt. „Und darauf steht die Todesstrafe."

„Wer hat das Urteil gefällt?", wollte Julian wissen. „War es Aja?"

Der Wachposten schüttelte den Kopf und lächelte listig. „Das weiß ich nicht."

Plötzlich ging Kamose auf ihn los und rüttelte ihn

an den Schultern. „Das glaube ich dir nicht. Du willst nur noch mehr Deben, du elender Halsabschneider!“

Grob stieß der Wachposten den Arzt zurück und richtete seinen Speer auf ihn. „Fass mich nicht an!“, brüllte er. „Sonst sitzt du auch gleich in einer Zelle!“

Leon, Kim und Julian zogen Kamose von dem Gefängniswärter zurück.

„Hör auf!“, bat Kim. „Das bringt nichts. Immerhin wissen wir jetzt, dass Iti lebt.“

Kamose sah das Mädchen an. In seinen Augen schimmerten Tränen. „Ja, aber in ein paar Stunden ist er tot.“

Kim schwieg betroffen. Sie mussten etwas unternehmen – und zwar schnell. Nur was? Sie warf Hilfe suchende Blicke zu Leon und Julian. Leon zupfte an seinem Ohrläppchen und dachte scharf nach.

„Wir müssen Iti irgendwie aus diesem Gefängnis herausholen“, sagte Leon schließlich.

„Und wie, bitte schön, willst du an dem Wachposten vorbeikommen?“, fragte Julian.

Leon schnippte mit den Fingern. „Ich glaube, ich habe eine Idee!“

Das Befreiungskommando

„Was hast du vor?“, fragte Kamose ungeduldig.

„Der Wachposten hat doch Durst, hat er gesagt“, flüsterte Leon.

„Na und?“, kam es von Julian.

„Lass mich in Ruhe erklären!“, bat Leon seinen Freund. „Wir sollten seinen Durst löschen … allerdings mit einem speziellen Trank! Du, Kamose, kennst dich gut mit Kräutern aus, nicht wahr?“

Der Arzt nickte.

„Kannst du auch ein wirksames Schlafmittel zusammenbrauen?“, wollte Leon wissen.

Kamoses Gesicht hellte sich auf. „Jetzt verstehe ich …“

So schnell sie konnten, rannten die Freunde zum Haus des Arztes zurück. Dort zerstampfte Kamose einige Kräuter in einem Mörser und vermischte sie anschließend mit etwas Wein. Während die Freunde ihm zuschauten, erläuterte Leon ihnen weitere Einzelheiten seines Plans.

„Sobald der Wächter eingeschlafen ist, werden Kamose und ich an ihm vorbeischleichen und Iti rausholen.“

„Ich will auch mit!“, protestierte Kim.

„Lieber nicht!“, wehrte Leon ab. „Du und Julian müsst aufpassen, dass niemand kommt und uns notfalls warnen. Am besten mit einem Pfiff!“

Kim war von Leons Idee noch nicht restlos überzeugt. „Der Kerl am Eingang wird nicht die einzige Wache im Kerker sein ...“

Leon runzelte die Stirn. „Da könntest du Recht haben. Wir müssen sehr vorsichtig sein und uns irgendwie an den anderen Wachen vorbeimogeln ...“

„Wie soll das funktionieren? Das ist doch verdammt riskant“, urteilte Kim.

„Ja, ich weiß“, gab Leon zu. „Aber ich fürchte, wir müssen es versuchen. Das ist unsere einzige Chance. Sonst wird Iti den morgigen Tag nicht überleben.“

„Ich bin auf jeden Fall dabei“, sagte Kamose entschlossen. Er schüttelte einen Tonkrug. „Das hier wird einen Ochsen betäuben.“

„Dann lasst uns keine Zeit verlieren und zum Gefängnis zurückgehen!“, rief Leon.

Der Wachposten stand unverändert an seinem Platz und bewunderte den Nachthimmel.

„Ihr schon wieder“, knurrte er, als er die kleine Gruppe erblickte. „Geht mir bloß nicht noch mal auf die Nerven!“

Kim lächelte ihn freundlich an. „Hast du immer noch so großen Durst?“

Der Wachposten nickte. „Klar, ich komme hier ja nicht weg.“

Kamose reichte dem Posten den Krug. „Tut mir Leid, dass ich vorhin so unbeherrscht war. Wir haben dir was zu trinken mitgebracht.“

Heiser lachte der Wachposten. „Ach ja? Und wer sagt mir, dass du da kein Gift reingemischt hast?“

„Gift?“, stieß Kamose empört aus. „Wie kommst du denn darauf, bei Amun?“

„Tja, wir Gefängniswärter sind nicht besonders beliebt“, sagte der Posten. „Wäre nicht das erste Mal, dass man sich an uns rächen will. Dabei können wir ja gar nichts für die Urteilssprüche. Wir stehen hier doch nur und passen auf.“

„Natürlich, du tust nur deine Pflicht“, stimmte Kamose ihm schnell zu.

„Trink du zuerst“, sagte der Wachposten und sah den Arzt dabei herausfordernd an.

Leon spürte einen Kloß im Hals. Jetzt war alles vorbei! Sein ganzer Plan war mit einem Schlag wertlos.

Kamose wirkte unentschlossen. Der Krug in seinen Händen zitterte.

„Was ist?“, hakte der Wachposten nach.

„Gern, kein Problem“, antwortete Kamose, drehte sich ein wenig zur Seite und setzte den Krug an seine Lippen.

Leon unterdrückte den Wunsch, dem Arzt den Krug zu entreißen. Plötzlich sah Leon, dass Kamose den Wein gar nicht trank. Er ließ ihn unauffällig über das Kinn den Hals entlang in sein Hemd rinnen! Dann wischte sich der Arzt über den Mund und reichte den Krug dem Wachposten.

„Danke“, sagte der Mann grinsend. „Verzeih mein Misstrauen. Aber man kann nicht vorsichtig genug sein.“

„Du sagst es“, entgegnete Kamose, während er genau zusah, wie der Wachposten gierig schluckte.

„Ein feiner Tropfen“, urteilte der Wärter und reichte das Gefäß zurück.

Kamose feixte. „Allerdings, das ist wirklich ein ganz besonderer Tropfen. Aber jetzt müssen wir weiter.“

Der Wachposten nickte nur und sah den Freunden hinterher, wie sie in der Dunkelheit verschwanden.

Hinter einer Mauer bezogen die Freunde und der Arzt Stellung und beobachteten den Gefängniswärter. Das Schlafmittel wirkte früher als erwartet. Der Wachposten gähnte. Dann setzte er sich neben das Tor und lehnte sich gegen die Mauer. Kurz darauf sank sein Kopf nach vorn. Der Mann schlief tief und fest.

Leon nickte Kamose zu. Dann huschten die beiden zur Pforte. Doch Kija flitzte mit ihnen ins Gefängnis.

„Die Katze muss hier bleiben!“, zischte Kamose. „Wir können unmöglich auf sie aufpassen.“

„Lass sie ruhig. Wir müssen nicht auf sie aufpassen – sie wird auf uns aufpassen!“, gab Leon zurück.

Der Arzt verstand nicht, was Leon damit sagen wollte, aber sie hatten jetzt keine Zeit, die Sache auszudiskutieren. Grummelnd half Kamose Leon, den betäubten Wachposten in den Torbogen zu ziehen, sodass man den schlafenden Mann nicht gleich von der Straße aus sehen konnte. Mit vereinten Kräften schoben Leon und Kamose einen schweren Riegel beiseite, öffneten das Tor und gelangten in einen Gang, der von einem Öllämpchen nur schwach beleuchtet wurde.

Kija lief voraus, die Ohren aufmerksam nach vorn gedreht. Jeder Muskel ihres Körpers schien angespannt. Die Katze glich einem hochsensiblen Empfänger, der jedes auch noch so leise Geräusch vernehmen und jede auch noch so feine Bewegung registrieren würde.

Leon und Kamose schlichen hinter dem Tier her. Sie bemühten sich, nur ja keinen Mucks von sich zu geben. Prompt knackte Leons Knöchel. Er kam sich im Vergleich zu Kija plump und ungeschickt vor.

Plötzlich stoppte die Katze. Fast wäre Leon gegen Kamose gelaufen, der ebenso abrupt angehalten hatte wie Kija. Das Tier stand still. Geräuschlos schlug ihr Schwanz hin und her. Schweiß lief über Leons Stirn. Er schloss die Augen und konzentrierte sich ganz auf irgendwelche Geräusche. Jetzt hörte er es: Stimmen, ganz schwach und offenbar noch ein gutes Stück von ihnen entfernt.

Leon löste sich aus der Erstarrung und hockte sich neben Kija. Beruhigend strich er über ihr Fell und nickte ihr zu. Dann übernahm der Junge die Führung. Auf Zehenspitzen drangen sie weiter in den Kerker vor. Allmählich wurde es wieder heller. Außerdem wurden die Stimmen lauter und deutlicher. Der Gang bog nach rechts. Leon spähte um die Ecke. Im Schein einer weiteren Öllampe saßen zwei Wärter und würfelten. Aber Leon entdeckte etwas, das sein Herz höher schlagen ließ: In einer Zelle hockte eine zusammengesunkene Gestalt, auf deren Gesicht das Licht der Öllampe fiel. Es war Iti!

Leon begann nervös an seiner Unterlippe zu knabbern.

Kim hatte natürlich Recht gehabt: Es gab noch weitere Wachen. Damit hatte er rechnen müssen. Wie sollten sie an den beiden Männern vorbeikommen? Keine Chance, gestand sich Leon ein und begann noch stärker zu schwitzen.

Was jetzt?, war in Kamoses fragendem Blick zu lesen.

Mist, dachte Leon. Sein Plan war nicht bis zum Ende durchdacht. Aber es musste eine Lösung geben! Wenn sie nichts unternahmen, hatte Iti nur noch wenige Stunden zu leben.

In diesem Moment schoss Kija vor und sprang zwischen die Wachen, die erschrocken hochfuhren.

„Wo kommt denn dieses Vieh so plötzlich her?“, brüllte einer der Männer.

Der andere lachte dröhnend. „Warte, das schnappen wir uns!“

Schon rannte er hinter Kija her. Voller Entsetzen sah Leon, wie die Männer versuchten, die Katze zu fangen. Doch Kija war viel zu flink für ihre Verfolger. Immer wenn sich die groben Hände um ihren Körper

schließen wollten, entwischte sie. Und jetzt sauste sie in eine leere Zelle, deren Holzgitter offen stand.

„Da kriegen wird dich, da kommst du nicht mehr raus!“, freuten sich die Wächter und stürmten ebenfalls in die Zelle.

Plötzlich machte es bei Leon Klick. Mit einem Satz sprang er zur Zellentür und schlug das Holzgitter zu. Bevor die Männer reagieren konnten, hatte Leon den Riegel vorgeschoben.

„Was fällt dir ein?“, grölten die Wachen. „Lass uns sofort wieder raus! Was hast du hier im Gefängnis überhaupt verloren?“

Kija schlüpfte durch das Gitter zu Leon und rieb sich an seinen Beinen.

„Gut gemacht, Kija! Du bist einfach die klügste Katze der Welt“, lobte Leon. „Ohne dich wären wir mal wieder aufgeschmissen gewesen.“

Die Wachen schlugen kräftig gegen das Gitter. „He, wir reden mit dir, Kleiner! Du sollst das Gitter aufsperren!“

Leon tippte sich nur an die Stirn und ging zu Itis Zelle, die Kamose bereits geöffnet hatte. Vater und Sohn lagen sich stumm in den Armen.

„Äh, ich will ja nicht stören, aber wir sollten uns beeilen“, sagte Leon. „Die beiden Herren machen ziemlichen Lärm. Irgendwann wird man sie mit Sicherheit draußen hören."

„Danke! Tausend Dank!", stammelte Iti überwältigt und drückte Leons Hand.

„Bedank dich bei ihr", erwiderte Leon und deutete auf die Katze. „Es war ihre Idee."

Dann verließen sie eilig den Kerker.

Verrat

Im Speisezimmer des Arztes Kamose herrschte ausgelassene Stimmung. Er hatte die feinsten Speisen aus der Küche holen lassen. In Itis und Kamoses Bechern perlte süßer Wein. Die Freunde stärkten sich mit kühler Ziegenmilch. Niemand war müde, obwohl die Nacht inzwischen weit fortgeschritten war. Immer wieder wollten Kim und Julian die Geschichte hören, wie Kija die Wachen überlistet hatte.

Dann wurde Kamose ernst. „Nun erzähle du, Iti: Was hat sich in deinem Haus abgespielt? Wer hat dich verhaftet? Und vor allem: Was wirft man dir vor?"

Iti verzog das Gesicht. „Ich weiß es nicht, Vater. Plötzlich sind ein paar bewaffnete Männer in mein Haus gestürmt. Wortlos haben sie mich überwältigt und fortgeschleppt."

„Haben sie nicht einmal gesagt, in wessen Auftrag sie gehandelt haben?"

„Nein, sie sagten kein Wort. Dann brachten sie

mich ins Gefängnis und warfen mich in eine Zelle. Dort erst erfuhr ich, dass man mir Verrat vorwirft. Aber das ist doch lächerlich!"

Kamose legte eine Hand auf den Arm seines Sohns. „Das weiß ich. Du bist völlig unschuldig. Ganz im Gegensatz zu Aja. Ich bin mir sicher, dass er hinter all dem steckt!"

Iti nickte. „Das glaube ich auch."

Kamose sah ihn fest an. „Wir haben noch eine sehr schlechte Nachricht für dich. Dein Freund Cheriuf wurde ebenfalls verschleppt ..."

Iti blickte seinen Vater entsetzt an. Sein Mund formte ein paar stumme Worte.

„Es tut mir Leid", sagte Kamose leise. „Cheriuf hat sich mit unseren Freunden hier getroffen – das war sein Vergehen!"

„Aber das gibt doch keinen ... keinen Sinn", stammelte Iti.

„Doch", sagte Leon, „denn Cheriuf hat uns etwas verraten. Er hat an Tutanchamuns Leiche eine Verletzung am Hinterkopf entdeckt! Wie du ging er davon aus, dass Tutanchamun keineswegs an den Folgen eines Unfalls gestorben ist, sondern wahrscheinlich ermordet wurde!"

„Du wolltest uns doch noch von dieser seltsamen

Gestalt erzählen, die du am Tatort gesehen hast, Iti“, warf Kim ein.

„Ja, natürlich“, sagte Iti. Er hatte ganz offensichtlich Mühe sich zu konzentrieren. „Diese Gestalt ... war wirklich seltsam. Sie hatte lange Haare ...“

„Eine Frau?“, rief Julian überrascht.

„Vielleicht“, erwiderte Iti. „Vielleicht aber auch nicht. Viele Männer tragen ja Perücken.“

Julian nickte. Aus den Geschichtsbüchern wusste er, dass Perücken bei den Ägyptern ausgesprochen modisch waren. Vor allem bei festlichen Banketten wurden sie gern getragen.

„Du hast also das Gesicht dieser Person nicht gesehen?“, hakte Julian nach.

„Leider nein“, bestätigte Iti. „Sie drehte mir den Rücken zu. Außerdem war ich ja auch ein Stück weg. Ich stand in der Tür des Nebenzimmers. Das Einzige was ich sah, war, dass die Gestalt eine Vase mit Duftöl in der Hand hielt.“

„Duftöl?“

„Ja, das benutzen wir zur Körperpflege. Das ist nichts Ungewöhnliches. Deshalb habe ich mir auch nichts dabei gedacht, als ich diese Person davonhuschen sah. Es gibt viele Diener im Palast. Nicht jeden erkennt man von hinten. Und unser Pharao lag ja auf der Bank. Es sah so aus, als ob er schliefe. Alles wirkte normal und friedlich. Aber als ich vom Tod des Pharaos hörte, kamen mir plötzlich Zweifel, ob die Person mit der Vase nicht doch etwas damit zu tun haben könnte …"

„Vielleicht war es ja der Mörder oder die Mörderin. Und die Vase könnte sogar die Tatwaffe gewesen sein", überlegte Kim laut. Plötzlich erinnerte sie sich sehr gut an die etwa 50 Zentimeter große, mit dem Kopf der Göttin Hathor verzierte Vase, die sie in der Tutanchamun-Ausstellung gesehen hatte. Diese Vase war ein beeindruckendes Stück ägyptischer Handwerkskunst. Damit könnte man ohne weiteres jemandem den Schädel einschlagen. Kim schauderte bei dem Gedanken, dass die dekorative Grabbeigabe womöglich das Mordwerkzeug gewesen war.

„Entschuldigt, wenn ich euch unterbreche", warf Julian ein. „Aber ich fürchte, dass du hier nicht mehr lange sicher bist, Iti. Vermutlich haben die Wärter im Kerker in der Zwischenzeit auf sich aufmerksam machen können. Außerdem wird der schlafende Gefängniswärter wieder munter sein. Man wird nach dir suchen. Und bestimmt kommen die Verfolger auf die Idee, hier bei deinem Vater nachzuschauen."

Kamoses Miene verfinsterte sich. „Da hast du sicher Recht. Aber auch du und deine Freunde seid in großer Gefahr, denn ihr werdet ebenso gesucht. Ihr müsst euch irgendwo verstecken. Am besten bei meinem Bruder. Er wohnt ein Stück Nil abwärts und wird uns bestimmt helfen. Wir packen ein paar Sachen für euch zusammen. Dann werden wir hier schleunigst verschwinden. Bei meinem Bruder können wir die nächsten Schritte beratschlagen."

Eine halbe Stunde später wollten sie gerade das Haus verlassen. Da dröhnten von außen wuchtige Schläge gegen das Holz.

„Sind sie das, die Wachen, Vater?", fragte Iti.

„Keine Ahnung", flüsterte Kamose. Angst ließ seine Stimme zittern. Wieder krachten Schläge gegen die Tür. Der Arzt packte den Griff, um die Tür zu öffnen.

„Tu's nicht!", warnte Iti.

Doch Kamose ließ sich nicht aufhalten. Ruckartig riss er die Tür auf. Mit einem Schrei fuhr der Arzt zurück.

Acht Reiter bildeten einen Halbkreis um den Hauseingang. Alle trugen Schakal-Masken, die von Feuerschein erhellt wurden.

Das Licht stammte von einer brennenden Holzfigur, die einer der Reiter mit einer Stange in den Himmel hob. Die Figur trug unverkennbar die Züge von Seth, dem Gott des Bösen. Nur das Knistern des Feuers war zu hören, sonst herrschte eine unheimliche Stille. Ein Mann huschte in diesem Moment ins Nachbarhaus.

„Chui!“, brüllte Kamose. „Ich habe dich erkannt. Du hast uns verraten! Was hat man dir dafür gezahlt?“

„Wir müssen über das Dach abhauen, schnell“, flüsterte Leon, der sich als Erster vom Schrecken erholt hatte. Geistesgegenwärtig schlug er Kamoses Haustür zu und legte einen schweren Riegel vor.

„Fliehen? Ich? Nie im Leben! Ich bleibe in meinem Haus!“, gellte Kamoses Stimme durch den Flur.

„Sei nicht dumm, komm mit!“, rief Iti und zerrte am Hemd seines Vaters. „Du bist hier nicht sicher. Gleich werden sie die Tür eintreten!“

Doch Kamose zögerte. Schläge donnerten gegen die Tür.

Iti stieß einen leisen Fluch aus und rannte hinter den Freunden her.

„Wo geht es aufs Dach?“, fragte Leon.

„Hier!“, sagte Iti und rannte zu einer Treppe. Dort blieb er stehen und flehte seinen Vater an: „Nun komm endlich!“

„Bin schon unterwegs“, kam es zurück.

Erleichtert flitzten Iti und die Freunde die Treppe hinauf. Plötzlich drang von unten das Geräusch von splitterndem Holz und Kampfeslärm zu ihnen herauf.

„Oh nein, sie haben meinen Vater erwischt! Ich muss ihm helfen!“, stieß Iti hervor und machte Anstalten, die Treppe hinunterzustürmen. Nur mit Mühe konnten die Freunde ihn davon abhalten.

„Es nützt deinem Vater nichts, wenn wir alle gefangen genommen werden!“, rief Leon. „Wir müssen fliehen. Dann können wir ihm viel eher helfen – so wie wir dir geholfen haben!“

Widerstrebend gehorchte Iti. Mit Tränen in den Augen rannte er über das Flachdach, die anderen dicht hinter ihm. Sie erreichten die Kante des Daches, und Iti machte einen weiten Satz. Er landete auf dem Dach des Nachbarhauses und rollte sich geschickt ab. Als Nächste sprangen Leon, Kim und Kija. Auch sie gelangten sicher hinüber.

„Ich packe das nicht!“, rief Julian. „Das ... das ist viel zu weit!“ Mit weichen Knien stand er an der Dachkante und starrte nach unten.

„Nicht runterschauen!“, rief Leon ihm zu. „Nimm Anlauf und spring!“

Julian sah verzweifelt zu ihnen herüber. Er schien wie gelähmt zu sein.

Da tauchten zwei Männer mit Anubis-Masken auf dem Dach auf und stürmten auf Julian zu.

„Dreh dich mal um!“, schrie Kim und ganz leise fügte sie hinzu. „Das wird dir hoffentlich Flügel verleihen …“

Und das tat es. In seiner Panik gelang Julian der weiteste Sprung seines Lebens. Er landete genau am Rand des Daches, auf dem seine Freunde warteten. Dort stand er einen Moment wie ein Seiltänzer, der darum kämpft, das Gleichgewicht zu halten. Leon sprang heran, packte seinen Freund an den Armen und zog ihn endgültig auf das Dach. Dabei fielen beide hin.

„Achtung!“, ertönte Itis Stimme. Er schwang eine lange Holzlatte, die er auf dem Dach des Nachbarhauses gefunden hatte, und schmetterte sie den Verfolgern um die Ohren, die in dieser Sekunde hinübergesprungen waren. Schreiend stürzten die Männer mit den Anubis-Masken vom Dach.

„Guter Schlag!“, sagte Kim. „Aber die anderen Kerle werden nicht lange auf sich warten lassen!“

Iti warf die Latte weg und rannte los. Mit traumwandlerischer Sicherheit führte er die Freunde von Dach zu Dach. Die Verfolger waren rasch abgeschüttelt. Iti kannte sich in dem Viertel erstaunlich gut aus. Die Freunde vermuteten, dass er nicht das erste Mal über die Dächer floh. Wahrscheinlich hatte er dank seiner Schummeleien beim Brettspiel schon eine gewisse Routine entwickelt.

Nach zehn Minuten erlebten die Freunde eine Überraschung: Sie befanden sich nun wieder auf Kamoses Haus.

„Hast du dich … etwa verirrt?“, fragte Leon atemlos.

„Keineswegs“, gab Iti zurück, während er an die Dachkante robbte und auf die Straße hinuntersah. „Ich will wissen, was mit meinem Vater geschieht! Seht mal, die Pferde stehen noch vor dem Haus!“

Jetzt lagen alle fünf an der Dachkante und schauten hinunter. Die Männer mit den Anubis-Masken trieben den gefesselten Kamose zu einem der Pferde und hoben ihn hinauf. Dann ritten sie gemächlich davon. Die Männer schienen sich darauf verlassen zu können, dass sich ihnen niemand in den Weg stellen würde.

„Diese Mistkerle!“, wisperte Iti. „Bestimmt werden sie meinen Vater auch ins Gefängnis werfen.“

„Wenigstens scheint er nicht verletzt zu sein“, sagte Kim, während sie nachdenklich Kija kraulte. Die Katze wurde unruhig und erhob sich aus ihrer geduckten Haltung. „He, was hast du vor?“, flüsterte Kim aufgeregt.

Die Katze drehte sich zu ihr um. Ihre Augen wirkten in dem schmalen Gesicht unendlich groß und wachsam. Leise miaute Kija. Sie wollte offensichtlich, dass die Freunde ihr folgten.

Die geheime Botschaft

Auf der Straße schlug Kija den Weg ein, den die unheimlichen Reiter mit den Anubis-Masken gewählt hatten. Leon, Kim, Julian und Iti folgten der Katze. Geschickt glitt Kija von Haus zu Haus, immer darauf bedacht, genügend Abstand zu der sich gemächlich fortbewegenden Reitergruppe zu halten. So gelang es den Freunden, den Maskenmännern unbemerkt auf den Fersen zu bleiben. Deren Ziel war aber nicht, wie erwartet, das Gefängnis, sondern der Palast.

„Was wollen die denn dort?", wunderte sich Leon, während sie sich hinter einem Holzkarren versteckten.

„Das kann ich dir sagen", murmelte Julian. „Sie werden Kamose zu Aja bringen. Der Wesir steckt doch hinter allem!"

Sie spähten hinter dem Wagen hervor und sahen, wie die Reiter den Palasteingang erreichten, der von mehreren Fackeln hell erleuchtet wurde. Einer der Männer, offenbar ihr Anführer, sprang vom Pferd und ging auf die Wache zu. Die beiden wechselten ein paar Worte, die die Freunde nicht verstehen konnten. Dann verschwand die Wache im Palast. Mehrere Minuten verstrichen, ohne dass etwas passierte. Kamose saß zwischen seinen Entführern auf dem Pferd und starrte an ihnen vorbei in die Nacht, die bald dem Tag weichen würde. Seine aufrechte Körperhaltung verriet, dass er keineswegs mutlos war.

„Wenn sie meinem Vater auch nur ein Haar krümmen, werde ich sie töten", versprach Iti wütend.

„Das hat Kamose auch gesagt, als du verschwunden warst", erinnerte sich Julian. „Und wir haben dich befreit. Also werden wir auch deinen Vater befreien können. Du musst nur fest daran glauben!"

Iti nickte.

In diesem Moment tauchte der Wachposten wieder vor dem Palast auf – aber er war nicht allein. Hinter ihm schritt eine zierliche Gestalt, die von zwei Dienern flankiert wurde.

Itis Mund klappte auf.

„Das … das ist ja Anchesenamun!", stotterte er verdutzt.

Die Frau trat vor das Tor. Das Licht der Fackeln fiel auf ihr schönes, ebenmäßiges Gesicht. Tutanchamuns junge Witwe trug ein smaragdfarbenes, eng anliegendes Gewand. Goldene Reifen schmückten ihre Oberarme, in den blauschwarzen Haaren und auf den Riemen ihrer eleganten Schuhe glitzerten Edelsteine.

„Das also ist der große Arzt Kamose", drang ihre Stimme hart und klar durch die Nacht. „Noch lieber hätte ich deinen Sohn hier bei mir gesehen. Aber du wirst uns schon verraten, wo er steckt."

„Nein", antwortete Kamose fest, „das werde ich nicht tun."

„Du wagst es, deiner Königin zu widersprechen?" Anchesenamun warf den Kopf in den Nacken und lachte höhnisch. „Aber ich werde deinen Widerstand schon noch brechen, verlass dich darauf." Dann wandte sie sich an die Reiter. „Bringt Kamose in meine Gemächer und sperrt ihn ein. Dann werdet ihr diesen Iti und seine Freunde aufstöbern. Ihr werdet nicht aufhören zu suchen, bis ihr sie gefunden habt. Ich dulde keine Fehlschläge mehr, beim Amun! Holt euch Verstärkung, setzt alles in Bewegung. Wenn ihr sie nicht bis heute Abend gefunden habt, werde ich euch den Krokodilen vorwerfen. Habt ihr verstanden?"

Die Männer nickten ehrfürchtig.

Anchesenamun sah regungslos zu, wie Kamose in den Palast gezerrt wurde. Dann zog sie den Anführer der Reitergruppe beiseite und führte ihn ausgerechnet

in die Nähe des Wagens, hinter dem die Freunde kauerten. Kim, Leon, Julian und Iti machten sich so klein es ging und lauschten atemlos.

„Hör zu“, sagte Anchesenamun jetzt. „Ich habe eine geheime Botschaft, die du einer hochgestellten Persönlichkeit überbringen sollst.“

„Ich tue alles, was du verlangst, meine große Königin“, sagte der Mann unterwürfig.

Wieder ein arrogantes Lachen.

„Das rate ich dir auch. Denn ich bin mit deiner bisherigen Leistung alles andere als zufrieden. Aber ich werde dir eine zweite Chance geben, während deine Männer diesen Iti suchen.“

Die Freunde lugten hinter dem Wagen hervor. Die schöne Witwe zog eine versiegelte Papyrusrolle aus einer Falte ihres Kleides.

„Das ist ein Brief an König Schuppiluliuma. Du wirst ihn jetzt sofort …“

„Etwa Schuppiluliuma, der Hethiterkönig?“, fragte der Mann nach.

„Wer denn sonst?“, antwortete Anchesenamun ungeduldig. „Dieser Brief ist von größter Wichtigkeit. Niemand außer Schuppiluliuma darf ihn lesen, hast du das verstanden?“

„Ja, große Herrin.“

„Von diesem Brief hängt die Zukunft unseres Landes ab. Wenn er in die falschen Hände gerät, sind wir alle verloren!“, flüsterte die Witwe eindringlich. „Du haftest mit deinem Leben dafür, dass er seinen Empfänger erreicht. Und jetzt mach dich auf den weiten Weg. In zwei Wochen erwarte ich dich wieder hier an meinem Hof – mit guten Nachrichten, versteht sich.“

Der Mann verbeugte sich tief. Dann nahm er die Papyrusrolle in Empfang. Abermals verneigte er sich.

„Schon gut, verliere keine Zeit mehr“, herrschte Anchesenamun ihn an. „Lass dir ein frisches Pferd geben und reite endlich los.“ Mit diesen Worten ließ die Witwe den Mann stehen und verschwand im Palast. Ihr Gang war leicht und federnd.

Dann kam auch Bewegung in den Boten. Die Papyrusrolle in der Hand lief er in Richtung Pferdeställe.

„Ich fasse es nicht“, wisperte Iti und richtete sich auf. Er wirkte vollkommen durcheinander. „Wir alle hatten doch eher Aja im Verdacht. Und jetzt scheint Anchesenamun die Drahtzieherin der Verschwörung zu sein! Wirklich, ich kann es nicht glauben. Tutanchamun und sie haben immer so glücklich zusammen gewirkt …“

„Was könnte sie für ein Motiv haben?“, überlegte Kim laut.

Iti hob die Schultern. „Vielleicht ist ihre Kinderlosigkeit das Problem. Es gibt keinen Thronerben. Viele Leute im Palast machen Anchesenamun dafür verantwortlich. Vermutlich hat sie Angst, vom Hof verstoßen zu werden. Womöglich hofft sie, die Frau des neuen Pharaos zu werden und gesunde Kinder zu bekommen. Dann wäre ihre Stellung im Palast wieder gesichert."

„Was für ein eiskalter Plan", bemerkte Kim und schüttelte sich angewidert. „Gut, dass Kija uns hierher geführt hat. Sonst hätten wir vermutlich nie davon Wind bekommen!"

„Aber was hat es mit dem Brief auf sich?", wollte Leon wissen. „Wir sollten uns den mal genau anschauen. Ich will wissen, was Anchesenamun vorhat!"

„Und wie willst du an den Brief herankommen?", fragte Julian.

„Och, der Reiter ist vermutlich allein unterwegs", gab Leon selbstbewusst zurück. „Und wir sind zu fünft. Klarer Fall von Überzahl!"

Julian stöhnte leise, enthielt sich aber eines weiteren Kommentars.

„Dann sollten wir uns beeilen. Gleich wird der Bote in der Wüste verschwunden sein. Er ist zweifellos zu den Ställen gegangen, um sich ein frisches Pferd zu holen. Folgen wir ihm", schlug Iti vor und ging auch schon los. Er führte seine Freunde zu einem Weg, der von den Ställen nach Osten führte. „Bestimmt kommt er hier entlang, denn das Hethiterreich liegt in dieser Richtung“, erklärte Iti.

„Klingt gut“, sagte Kim. „Jetzt müssen wir nur noch dafür sorgen, dass uns der Bote die Papyrusrolle aushändigt.“

„Das wird er kaum freiwillig tun“, sagte Julian, der jede Form der Gewalt zutiefst verabscheute.

Kim grinste. „Das stimmt wohl. Also müssen wir den Reiter, sagen wir mal, ‚überzeugen‘.“

„Da bin ich aber mal gespannt, wie du das machen willst.“

Darauf entgegnete Kim nichts. Aufmerksam musterte sie die Umgebung. Die menschenleere Gasse war hier sehr schmal. Das war ein Vorteil, denn sie mussten den Boten irgendwie stoppen. Er durfte keine Möglichkeit haben, auszuweichen, wenn sie sich ihm entgegenstellten.

Aber wenn er einfach umdrehte und Alarm schlug? So weit darf es gar nicht erst kommen, dachte Kim. Ihre Gedanken rasten, während sie mit einer Haarsträhne spielte. Sie hatten nicht viel Zeit. Bestimmt würde der Reiter gleich an ihnen vorbeipreschen und im Schutz der Dunkelheit verschwinden.

Da fiel Kims Blick auf ein Seil, das vor dem Eingang eines Hauses lag und wie eine zusammengerollte Schlange aussah. Kim hatte eine Idee. Rasch weihte sie ihre Freunde ein.

Zwei Minuten später bezogen sie rechts und links der Gasse Stellung und verbargen sich in Mauernischen. Kurz darauf dröhnten Hufschläge über den Boden – der Reiter nahte!

Kims Hände fassten das eine Ende des Seils fester. Hinter ihr drängten sich Leon und Kija an sie. Das Mädchen warf einen Blick zur anderen Seite der Gasse. Dort hielten Iti und Julian das andere Ende des Seiles. Noch lag das Seil schlaff auf dem Boden. Kims Plan war simpel aber riskant. Sobald der Bote ganz nah war, wollten sie das Seil ruckartig hochreißen, um ihn zu stoppen. Es kam auf Sekunden an.

Der Bote stürmte heran, dicht über das Pferd gebeugt. Kims Magen krampfte sich zusammen. Noch zehn Meter, noch fünf …

„Jetzt!“, rief das Mädchen und zog das Seil straff.

Das Pferd wieherte und scheute, als es das plötzlich aufgetauchte Hindernis erblickte, und warf seinen Reiter ab, der mit einem Aufschrei in den Staub fiel. Mit wenigen Schritten waren Kim und Leon bei dem Boten. Von der anderen Seite kamen Iti und Julian.

Der Reiter schien den Sturz besser überstanden zu haben als erwartet und war schnell wieder auf den Füßen. Der Mann presste die Papyrusrolle mit der linken Hand an seine Brust. Seine Rechte glitt zum Gürtel und zog einen Dolch.

„Keinen Schritt weiter oder ihr seid tot“, zischte der Bote. Er warf hektische Blicke von einem zum anderen. Vorsichtig machte er ein paar Schritte in Richtung Palast.

Der Kerl wird jetzt gleich um Hilfe rufen und dann ist alles aus! Das darf nicht passieren!, dachte Kim.

Da kam ihnen Kija zu Hilfe. Sie sauste auf den Boten zu und biss ihn in die Wade. Wieder brüllte der Mann auf und versuchte, Kija mit dem Dolch zu treffen. Das nutzten die Freunde aus. Sie stürzten sich auf den abgelenkten Mann und rangen ihn gemeinsam nieder. Iti gelang es, dem Mann den Mund zuzuhalten, bis sie ihn mit einem Tuchfetzen geknebelt hatten. Dann fesselten sie ihn mit dem Seil und zogen den wild strampelnden Boten in einen verwaisten Hinterhof. Sie nahmen dem Mann die Papyrusrolle ab. Im ersten Licht des anbrechenden Tages versuchten die Freunde, den Inhalt des Briefes zu entziffern. Das war ziemlich mühsam, aber es gelang. Was sie dort lasen, verschlug ihnen den Atem.

„Anchesenamun will sich mit den Hethitern verbünden“, rief Julian entsetzt. „Mit den schlimmsten Feinden der Ägypter!“

Kim deutete auf eine Stelle in der Mitte des Schreibens. „Nicht nur das – sie will sogar einen der Söhne des Hethiterkönigs Schuppiluliuma heiraten.“ Dann las sie laut vor: „Einen Sohn habe ich nicht. Aber du, so sagt man, wärst mit Söhnen gesegnet. Würdest du mir einen deiner Söhne zum Gatten geben?“

Iti wurde wütend. „Das ist wirklich nicht zu fassen“, schnaubte er. „Damit will sie nur ihre Macht sichern. Wen auch immer sie heiratet, er wird der neue Pharao! Und sie würde natürlich Königin bleiben.“

„Aber warum wendet sie sich an den Feind Ägyptens?“, fragte Kim.

„Weil sie im eigenen Reich keinen vergleichbar starken Mann gefunden hat, der an ihrer Seite Pharao sein könnte“, erläuterte Iti. „Aja würde Anchesenamun nie heiraten. Ich weiß, dass er sie nicht ausstehen kann. Vermutlich hat er sogar vor, sie vom Hof zu verstoßen und sich selbst zum Pharao zu machen – mit einer anderen Königin an seiner Seite.“

Jetzt verstand Kim. „Vermutlich hat Anchesenamun das gewusst. Sie räumte Tutanchamun aus dem Weg, um zu verhindern, dass man sie wegen ihrer Kinderlosigkeit vom Hof verstößt. Jetzt braucht sie aber wieder einen mächtigen Mann neben sich. Notfalls sogar den Feind. Ihren persönlichen Widersacher Aja wird sie sofort töten lassen, wenn ihr Vorhaben gelingt. Da bin ich mir sicher."

„Vielleicht hätten sich die großen Reiche vereint – zu einer Supermacht", überlegte Julian.

„Zu einem Reich vereint? Niemals!", widersprach Iti. „Den Hethitern ist nicht zu trauen. Sie bekämpfen uns seit vielen Jahren und fallen immer wieder in unser Land ein."

Julian verkniff sich die Bemerkung, dass die Hethiter dies sicher auch über die Ägypter sagen würden, und wechselte lieber das Thema.

„Was für ein mörderischer Plan von Anchesenamun", sagte er. „Und wir alle haben Aja verdächtigt. Aber lasst uns doch weiterlesen!"

In den nächsten Zeilen beteuerte Anchesenamun, dass sie in großer Angst lebe. Ihre größte Furcht bestehe darin, dass sie einen einfachen Mann heiraten müsse und damit alle Privilegien verlieren würde.

Die Freunde waren so in den Brief vertieft, dass sie nicht bemerkten, dass es dem Boten gelungen war, die Fußfesseln zu lockern. Plötzlich rannte er los.

Iti und Leon nahmen die Verfolgung auf, brachen

diese aber schnell wieder ab. In der Morgendämmerung waren die ersten Händler und Fischer unterwegs. Deswegen war es unmöglich, den Boten ohne Aufsehen zu erregen erneut zu überwältigen.

„So ein Mist!", ärgerte sich Leon. „Der Kerl wird natürlich sofort in den Palast rennen und Alarm schlagen. Anchesenamun ist gewarnt. Man wird uns noch unerbittlicher jagen als zuvor. Da drüben kommt eine Streife. Lasst uns abtauchen!"

Kurz vor dem Ziel

Iti brachte sie zu einer verfallenen Fischerhütte am Nil. Hier waren sie zumindest vorerst sicher. Inzwischen hatte der Sonnengott Re den Himmel wieder erobert, und das Leben am großen Strom war endgültig erwacht. Mit einem Mal spürten die Freunde Müdigkeit und Hunger. Sie fühlten sich schmutzig und am Ende ihrer Kräfte. Iti erkannte, wie es um seine Freunde stand. Er selbst wirkte noch frisch.

„Ich besorge uns etwas zu essen und zu trinken“, verkündete er zuversichtlich.

„Und wie willst du das anstellen? Hast du überhaupt noch Deben?“, fragte Julian.

„Nein“, gab Iti zu.

„Ich will nicht, dass du etwas für uns stiehlst“, sagte Julian.

Iti lächelte unsicher. „Stehlen? Nein, ich leihe mir etwas. Ich bringe es auch zurück – versprochen.“

„Pass auf dich auf“, sagte Julian. „Die Wachen sind

überall!“ Voller Sorge sah er dem jungen Mann hinterher, wie er in Richtung Innenstadt verschwand.

Unterdessen streckten sich die Freunde vor der Hütte aus. Nur Kija blieb munter. Sie verschwand zwischen den Mauerresten. Kurz darauf war ein klägliches Fiepen zu hören. Offenbar hatte Kija eine Maus erwischt.

„Ich brauche dringend was zu essen, sonst kippe ich um“, sagte Leon verdrossen. Er verschränkte die Arme hinter dem Kopf und blickte in den blauen Himmel. Nicht ein einziges Wölkchen war zu sehen.

Wie das Wetter in Siebenthann jetzt sein mochte?, überlegte Leon. Würde es dort mal wieder regnen? Gegen eine Dusche von oben hätte er jetzt allerdings nichts einzuwenden. Hier schien es nie zu regnen. Wenn sie wieder zu Hause waren, wollte Leon einmal nachschlagen, wie viele Regentage es in Ägypten überhaupt gab. Viele konnten es nicht sein, denn das Land bestand überwiegend aus Wüste. Das Leben war vom Nil abhängig. Er spendete das notwendige Wasser für die Landwirtschaft und den täglichen Bedarf.

Siebenthann, dachte Leon noch einmal. Eigentlich könnten sie zum Pylonen marschieren und in ihre Welt zurückkehren. In weniger als einer Stunde würden sie im *Venezia* hocken und ein Eis essen. Bei dem Gedanken an die kalte Köstlichkeit lief Leon das Wasser im Mund zusammen. Aber wollte er das wirklich? Was würde aus Iti werden? Und was aus Kamose und Cheriuf? Sie konnten die drei doch nicht einfach ihrem Schicksal überlassen und sich aus dem Staub machen. Außerdem versuchte Iti gerade etwas zu essen für sie aufzutreiben.

„Woran denkst du?", fragte Kim unvermittelt.

Leon sah sie überrascht an. Er fühlte sich ertappt.

„Hast du an Siebenthann gedacht?"

„Seit wann kannst du Gedanken lesen?", fragte er verdattert.

„Es liegt auf der Hand, dass du an Siebenthann denkst", antwortete Kim ruhig. „Ich tue es auch. Und du sicher auch oder, Julian?" Julian nickte. „Siehst du?", sagte Kim zu Leon. „Wir denken alle an zu Hause, weil wir uns in einer ziemlich bescheidenen Lage befinden."

„Du sagst es", stimmte Leon betrübt zu. „Die Soldaten suchen uns sicher. Und früher oder später werden sie uns finden. Wir können nicht ständig davonlaufen. Anchesenamun wird alle Hebel in Bewegung setzen, um uns zu schnappen. Auf der anderen Seite können wir Cheriuf, Iti und Kamose einfach nicht im Stich lassen."

Jetzt mischte sich auch Julian ein. „Das sehe ich genauso. Wir müssen ihnen helfen."

„Nur wie?"

Julians Stirn lag in Falten. „Jedenfalls nicht, indem wir hier herumliegen und träumen. Wir müssen unbedingt handeln."

Leon und Kim sahen Julian überrascht an. Aus seinem Mund hatten sie diese entschlossenen Worte nicht unbedingt erwartet.

„Wir müssen etwas tun, mit dem niemand rechnet", fuhr Julian fort. Er stand auf und ging vor der Fischerhütte auf und ab. Dabei genoss er die neugierigen Blicke seiner Freunde. „Und mit was wird niemand im Palast rechnen?", fragte Julian. Als er keine Antwort bekam, sagte er: „Es wird niemand erwarten, dass wir auf den Feind zugehen."

„Ich verstehe nur Bahnhof", gab Leon zu.

Julian schlug ihm spielerisch auf die Schulter. „Kein Problem, ich werde es dir gern erklären. Kamose ist im Palast. Anchesenamun ist dort. Und Aja, der nichts von Anchesenamuns Komplott ahnt, und den wir warnen sollten. Er könnte dem ganzen Spuk ein Ende bereiten. Also werden wir einfach in den Palast hineinspazieren!"

„Ich glaube, jetzt bist du leider vollkommen übergeschnappt!“, brach es aus Kim heraus. „Offensichtlich hat dir die Sonne das Hirn ausgetrocknet. Anchesenamun wird hocherfreut sein, uns wiederzusehen. Sie wird uns umgehend festnehmen und töten lassen.“

Julian lächelte listig. „Das glaube ich nicht. Denn wir werden uns verkleiden! Wir werden unerkannt in den Palast gelangen und Aja alarmieren! Ah, da kommt Iti! Und er hat etwas zu essen dabei.“

Iti schleppte einige Früchte und Brot herbei und verteilte beides an die Freunde.

„Woher hast du das alles?“, fragte Kim kauend.

„Ich hab’s mir nur geliehen“, gab Iti schmunzelnd zurück.

„Julian hat übrigens eine Idee, wie wir weiter vorgehen können“, ergänzte Kim. „Er wollte uns gerade seinen Plan verraten.“

„Da bin ich aber mal gespannt“, sagte Iti mit großen Augen.

„Wir werden verkleidet in den Palast gelangen und Aja warnen“, wiederholte Julian. „Du arbeitest doch dort. Als was könnten wir uns tarnen? Gibt es zum Beispiel irgendwelche Händler, die regelmäßig etwas anliefern?“

Iti ließ sich mit der Antwort Zeit. Dann ging ein Strahlen über sein Gesicht.

„Das ist wirklich eine gute Idee von dir, Julian. Ich weiß, dass regelmäßig *Kupit*-Lieferungen ankommen. Diese herrlich duftenden Öle stammen aus Phönizien und *Punt*. Der Pharao benutzte sie oft und gern. Und ich durfte das Kupit manchmal den Ölen beimengen, mit denen ich meinen Herrn massierte. Wir werden uns als Händler aus Phönizien tarnen und so in den Palast gelangen. Jetzt brauchen wir nur noch die richtige Kleidung."

„Wo willst du die nun wieder hernehmen?"

Iti legte den Kopf schief. „Ich werde zum Haus meines Vaters zurückschleichen. Dort werde ich sicher etwas Passendes finden. Hoffentlich wird es nicht bewacht!"

Alles ging glatt. Eine halbe Stunde darauf erschien Iti mit zwei Eseln, die mit großen Körben beladen waren. Iti verteilte wallende weiße Gewänder an Julian, Kim und Leon.

„So, jetzt sehen wir aus wie eine kleine Karawane aus dem fernen Phönizien", sagte Iti zufrieden.

„Wir werden trotzdem auffallen", vermutete Kim. „Ein junger Mann, drei Kinder, eine Katze … Nein, Iti, die Palastwachen werden uns verhaften."

Iti verzog das Gesicht, als habe er Zahnschmerzen.

„Daran habe ich nicht gedacht. Dann müssen wir uns eben eine neue Geschichte ausdenken."

„Ist doch ganz einfach", sagte Julian plötzlich. „Wir verstecken Kija in einem der Körbe. Iti spielt einen phönizischen Händler, wir werden seine Diener – und Kim seine Frau."

„Wie bitte?", rief Kim.

Seit Kim während ihrer dritten Zeitreise auf der Suche nach dem Grab des Dschingis Khan dem hartnäckigen Werben eines mongolischen Menschenhändlers nur knapp entkommen war, reagierte sie auf solche Vorschläge empfindlich.

„Natürlich nur zum Schein", sagte Julian rasch. „Du kannst dein Gesicht unter einem Tuch verbergen. Dann fällt dein Alter nicht so auf. Und viel kleiner als eine durchschnittliche ägyptische Frau bist du auch nicht."

Das schlanke, groß gewachsene Mädchen nickte widerstrebend.

Und so näherte sich kurz darauf die kleine Karawane einem der Palasttore. Vorne ging Iti mit einem Wanderstab. Dahinter folgten die verschleierte Kim und dann die beiden Packtiere, neben denen Leon und Julian herliefen.

Kija hatte sich in einem der Körbe zusammengerollt und versuchte, durch die Ritzen nach draußen zu sehen. Neben ihr steckte Anchesenamuns Brief an den Hethiterkönig Schuppiluliuma.

„Leon und Julian, ihr solltet auch die Tücher vors Gesicht nehmen, so als wolltet ihr euch vor dem Wüstenwind schützen."

Julian warf Leon einen nachdenklichen Blick zu. Heute ging tatsächlich ein scharfer Wind, der den Sand aufwirbelte und gegen ihre nackten Beine schlug. Dennoch durften sie nicht bereits durch ihre Kleidung auffallen.

„Das ist der Lieferanteneingang", erklärte Iti und deutete auf das Tor. Er rang sich ein Lächeln ab und sagte: „Dann wollen wir mal unser Glück probieren."

Vor dem Tor hatte sich eine Schlange gebildet. Händler mit Wein und Perücken aus Syrien, Straußeneiern aus Nubien, Weihrauch und Myrre aus Ostafrika und fein gearbeitetem Schmuck aus Arabien standen an und warteten darauf, von den Wachen in den Palast gelassen zu werden.

Julian musterte die Männer und stellte erleichtert fest, dass zwei der Händler ebenfalls Tücher vor den Gesichtern trugen, die nur die Augen freiließen. Die Wachen waren ausgesprochen gründlich. Jeder Händler wurde genau kontrolliert, bevor er durch das Tor in den Palast durfte. Langsam wurde die Schlange kürzer. Schritt für Schritt bewegte sich Itis Karawane auf die Kontrollposten zu. Schließlich standen die Freunde vor einem baumlangen Kerl, der sie von oben herab und etwas gelangweilt anschaute.

„Woher stammt ihr? Was bringt ihr? Zu wem wollt ihr?“, leierte der Hüne die Fragen herunter, die er offenbar immer stellte.

Iti deutete eine Verbeugung an. „Wir stammen aus dem fernen Phönizien und liefern edle Öle für die königliche Familie.“

„Ach ja?“, kam es zurück. Der Riese ließ seinen Blick über die Freunde schweifen. „Und wer sind die da?“

„Meine Frau und meine Diener“, antwortete Iti schnell. Seine Stimme klang ein wenig zu hell.

„Deine Frau …“, sagte die Wache gedehnt. „Ist sie so hässlich oder so schön, dass sie ihr Gesicht verbirgt?“

Ein Schweißtropfen bildete sich in Kims Nacken und bahnte sich kitzelnd seinen Weg den Rücken hinunter.

Iti lachte gekünstelt. „Natürlich ist sie so schön! Sonst hätte ich sie doch nicht geheiratet!“

„Und du? Warum trägst du ein Tuch vor deinem Gesicht?“, wollte der Wächter lauernd wissen.

„Wegen des scharfen Wüstenwindes, ist doch klar!“, rief Iti. Er versuchte es jetzt auf die Kumpeltour. „Lauf du doch mal durch die große Wüste. *Sachmet* hatte schlechte Laune. Selten waren die Wüstenwinde so unerbittlich wie heute. Das war kein Vergnügen, das sage ich dir.“

„Ja, ja, aber hier ist keine Wüste …“

„Da hast du Recht“, erwiderte Iti und zog das Tuch von seinem Gesicht.

Kim schloss die Augen und wartete. Wenn der Riese Iti kannte, war alles vorbei. Nur zögernd wagte sie es, die Augen wieder einen Spalt zu öffnen. Gerade wandte der Wachposten seinen Blick von Iti ab. Kim beobachtete den Hünen. Hatte er etwas bemerkt? Hatte er Iti erkannt?

„Gut“, sagte der Mann jetzt. „Ihr dürft passieren. Aber wartet hier hinter dem Tor. Ich will einen Mann in den Palast schicken, der euch ankündigt. Dann könnt ihr eure Öle gleich an der richtigen Stelle abladen.“

Den Freunden fiel ein Stein vom Herzen. Zügig durchschritten sie das Tor und suchten im Schatten eines *Obelisken* Schutz vor der heißen Sonne.

„Das ist ja gut gegangen“, sagte Iti fast fröhlich. „Ich habe natürlich gewusst, dass mich der Kerl nicht kennt. Schließlich benutze ich sonst nie den Lieferanteneingang, sondern den für das Personal. Und die Wachen werden meistens am gleichen Tor eingesetzt.“

„Das hättest du uns auch vorher sagen können“, beschwerte sich Kim.

„Hab ich vergessen, tut mir Leid“, entgegnete Iti locker.

In diesem Moment näherte sich ein alter, gebeugter Mann, der nur mit einem Lendenschurz bekleidet war. „Ihr da! Kommt mit!“, sagte er unwirsch. „Wir gehen zum Bäderbereich. Da könnt ihr euer Zeug abladen.“

Wahrscheinlich riechst du wie ein alter Ziegenbock und könntest ein Parfüm gut vertragen, dachte Kim, verkniff sich aber jede Bemerkung. Sie wollte die Mission nicht durch eine unbedachte Äußerung gefährden. Nur zu gern folgte sie mit ihren Freunden dem Alten.

„Wir sind genau richtig“, wisperte Iti begeistert. „Da kommen wir an den Gemächern von Aja vorbei. Sobald wir dort sind, stürmen wir einfach hinein. Der alte Mann wird uns nicht aufhalten können. Niemand kann das jetzt mehr, denn gleich sind wir am Ziel! Macht euch bereit!“

„Halt!“, erklang eine Stimme hinter ihnen.

Entsetzt drehten sich die Freunde um, denn diese Stimme kannten sie!

Anchesenamun stand auf einer Treppe, die von reich verzierten Tonkrügen geschmückt wurde.

„Keinen Schritt weiter!“, herrschte sie die kleine Gruppe an. Hinter ihr tauchten schwer bewaffnete Krieger auf. „Ergreift sie“, ordnete Anchesenamun kühl an.

Die Soldaten stürmten auf die Freunde zu und stießen sie zu Boden. Nun kam die Königin heran. Lächelnd starrte sie auf die Freunde, die zu ihren Füßen im Staub lagen.

„Ihr wollt Öle für die königliche Familie bringen, sagt ihr?“, rief Anchesenamun. „Dass ich nicht lache! Der Lieferant war gestern schon hier. Also lügt ihr! Was habt ihr wirklich vor?“

Als sie keine Antwort erhielt, gab sie ihren Soldaten ein Zeichen. Daraufhin rissen sie den Freunden die Tücher von den Gesichtern. Hell klang Anchesenamuns Lachen über den Hof.

„Das habe ich mir doch gedacht. Iti und seine seltsamen Freunde!“ Ihr Lachen erstarb plötzlich. „Durchsucht die Körbe!“, befahl die Witwe.

Die Soldaten gehorchten. Einer von ihnen schrie

auf. Er hatte in den Korb gegriffen, in dem Kija versteckt war und prompt hatte die Katze ihn gebissen.

„Mist!“, brüllte der Verletzte und schlug nach Kija, die aus dem Korb sprang, dem Soldaten elegant entwischte und hinter einer Mauer verschwand.

„Lass das Vieh laufen. Es ist vollkommen unwichtig“, sagte Anchesenamun verächtlich. „Sucht lieber nach dem Brief!“

Es dauerte nur wenige Augenblicke, bis die Soldaten fündig wurden. Mit sichtbarer Erleichterung presste Anchesenamun das Schreiben an sich. Dann ordnete sie an: „Schafft die ganze Bande in den Audienz-Saal. Dort will ich mich in Ruhe mit ihnen unterhalten, bevor ich sie hinrichten lasse. Schließlich muss ich wissen, ob sie den Inhalt des Briefes jemandem verraten haben.“

Unsanft wurden die Freunde auf die Füße gestellt, geknebelt und an den Händen gefesselt. Während sie in den Palast getrieben wurden, dachte Leon noch einmal an Siebenthann. Vor zwei Stunden hätten sie Theben durch den Pylonen verlassen und die Heimreise antreten können, an deren Ende ihr Heimatstädtchen Siebenthann auf sie wartete. Aber diese letzte Chance hatten sie verpasst. Und jetzt wartete der Tod auf sie.

Das Gesetz des Schweigens

Leon warf seinen Freunden verzweifelte Blicke zu. In Julians Augen lag Resignation. Wohin wurden sie gebracht? In den Kerker? Zu Kamose? Wusste der vielleicht noch einen Rat, einen Ausweg? Bestimmt nicht. Sie waren am Ende ihrer Reise angelangt, an ihrem eigenen Ende.

Mutlos trotteten sie über den Marmorfußboden. Die Wände des langen Ganges waren mit den Bildnissen verschiedener Gottheiten geschmückt. Vor allem *Thot*, der pavianköpfige Gott des Schreibens und Wissens war oft abgebildet. Die Freunde wurden an Schreibstuben vorbeigeführt, deren Türen offen standen und aus denen Gemurmel drang. Ein Beamter mit einem Schreibbrett eilte an den Freunden vorbei und musterte sie neugierig.

„Ach, das ist doch Iti!“, rief er mit einer Mischung aus Überraschung und mühsam unterdrückter Wut.

„Halt den Mund!“, zischte Anchesenamun heftig.

Der Beamte verbeugte sich tief. „Ich bitte um Entschuldigung, meine Königin. Aber ich freue mich, Iti in Fesseln zu sehen. Er hat mich beim Spiel betrogen!“

Anchesenamun winkte ab. „Wenn es nicht mehr ist, dann …“

„Welchen Namen höre ich da, bei Amun?“, drang in diesem Moment eine Stimme aus einer der Stuben.

Die Köpfe der Freunde flogen herum. Aus der Schreibstube kam ein großer, alter Mann. Es war der Wesir Aja. Er trug wieder sein weißes Gewand, auf dem die Göttin Maat abgebildet war!

Leon versuchte, den Knebel loszuwerden. Wenn er doch jetzt nur sprechen könnte! Er könnte alles erklären, alles aufdecken und sie alle wären gerettet. Aber der Knebel saß fest in seinem Mund. Mit aller Kraft biss Leon auf den Stoff, in der irrigen Hoffnung, ihn zerreißen zu können.

„Lass dich nicht stören … es sind nur ein paar Gefangene“, sagte Anchesenamun obenhin. Die Finger ihrer linken Hand schlossen sich ganz fest um die Papyrusrolle.

Der Wesir beachtete die Witwe nicht.

„Nun ja“, sagte er, während er um die Freunde herumging. „Dass es sich um unwichtige Gefangene handelt, möchte ich bestreiten. Sonst würdest du dich kaum selbst um sie kümmern. Wie ich sehe, haben wir es mit den vier Personen zu tun, nach denen wir seit Tagen gesucht haben."

Leon warf Aja einen flehenden Blick zu, doch der Wesir beachtete ihn nicht. Der Junge schmeckte Blut. Offenbar hatte der Knebel die Haut in seinen Mundwinkeln aufgerissen.

Anchesenamun wirkte plötzlich nervös. „Mag sein. Das wird sich herausstellen. Überlass das nur mir … und geh du an deine Arbeit."

Der Wesir zog die Augenbrauen hoch. „Wann ich an meine Arbeit gehe, werde ich selbst entscheiden", sagte der zweite Mann im Reich selbstbewusst. „Ich empfange nur Befehle meines Pharaos."

„Der Pharao ist tot", entgegnete Anchesenamun düster.

„Was nicht bedeutet, dass du an seine Stelle trittst und mir Anweisungen erteilen kannst", antwortete Aja kalt.

In Anchesenamuns Augen blitzte Wut über diese Frechheit auf, aber sie schwieg.

Das war ein Fehler in diesem Machtduell auf dem Flur des Palastes.

„Los, weiter jetzt!", herrschte sie die Soldaten an. „Bringt Iti und die anderen in den Kerker!"

„Nicht so eilig“, stoppte der Wesir die Witwe. „Ich hätte da noch ein paar Fragen an Iti.“

„Du kannst Iti später beim Prozess befragen“, erwiderte Anchesenamun.

Nun wirkte Aja unschlüssig. „Gut“, sagte er schließlich und trat dicht an die Witwe heran. „Aber du garantierst mir dafür, dass den Gefangenen in der Haft kein Haar gekrümmt wird. Ich will nicht, dass ihnen … etwas zustößt.“

Anchesenamun lächelte falsch. „Selbtverständlich wird ihnen nichts geschehen.“

Oh nein!, dachte Leon entsetzt. Wenn sie erst einmal im Kerker waren, waren sie so gut wie tot!

Da spürte er etwas an seinen nackten Beinen, etwas Warmes, Flauschiges. Kija! Unbemerkt war sie ihnen in den Palast gefolgt. Jetzt lief sie geduckt und lautlos auf Anchesenamun zu, die der Katze den Rücken zuwandte.

„Da ist ja auch das verdammte Vieh wieder!“, rief eine der Wachen.

Kija sprang hoch. Genau in diesem Augenblick drehte Anchesenamun sich um. Die Witwe schrie auf, als sie die fauchende Katze auf sich zufliegen sah, und hob die Arme. Diese Abwehrreaktion nutzte Kija, um Anchesenamun die Papyrusrolle aus der Hand zu schlagen. Elegant landete die Katze auf dem harten Boden und rannte zu Aja, vor dessen Füßen das Schreiben gelandet war.

Einige Sekunden verstrichen, ohne dass jemand etwas sagte. Alle waren zu verblüfft über Kijas Attacke. Die Freunde sahen sich an und fassten wieder Mut.

Als Erste hatte sich Anchesenamun von ihrem Schreck erholt.

„Gib mir den Papyrus, Aja!“, kreischte sie.

Der Wesir lächelte amüsiert. „Mir scheint, dass dieses Schreiben von großer Wichtigkeit ist. Also sollte der höchste Beamte des Reichs den Inhalt kennen. Ah,

ich sehe, dass diese Nachricht für Schuppiluliuma bestimmt ist. Ein Schreiben an unseren schlimmsten Feind … wirklich sehr interessant." Aja rollte das Schriftstück auf.

„Nein, nein, nein!", schrie die Witwe und wollte auf den Wesir zustürmen. Doch sie kam nicht weit – Kim stellte ihr ein Bein. Anchesenamun geriet ins Stolpern und stürzte. Einer der Soldaten wollte Kim packen und zuschlagen, aber er wurde von Aja gebremst.

„Lass das Mädchen in Ruhe!", ordnete der Wesir an und las weiter.

„Du erteilst meinen Männern keine Befehle!", giftete Anchesenamun, die sich gerade wieder aufgerappelt hatte. „Und jetzt gibst du mir augenblicklich den Brief wieder!"

Der Wesir ließ das Schreiben sinken. „Ergreift die Königin! Sie ist eine Verräterin!", rief er.

Die Soldaten wussten einen Augenblick nicht, auf wen sie hören sollten und zögerten. Da begann Aja, aus dem Brief vorzulesen. Keine zwei Minuten später war den Wachen klar, auf wessen Seite sie sich stellen mussten.

„Fasst mich nicht an! Ihr vergreift euch an einer Königin! Das wird euch den Kopf kosten", rief die Witwe, als die Männer sie packten und festhielten.

Der Wesir gab einem seiner Beamten ein Zeichen, und der Mann löste die Knebel und Fesseln der Freunde.

„Ich denke, wir sollten uns ein wenig unterhalten", sagte Aja und lächelte. „Nachdem eure überaus kluge Katze der ganzen Geschichte so eine bedeutende Wendung gegeben hat."

Kija lief zu Kim und sprang auf ihren Arm. Das Mädchen streichelte sie und schaute fasziniert in die grünen Augen. „Danke, vielen Dank", hauchte Kim und hätte am liebsten geheult.

„Der Brief war schon unterwegs zu Schuppiluliuma", sagte Julian und berichtete dem Wesir in allen Einzelheiten, was geschehen war. Iti ergänzte Julians Aussage mit seinen Beobachtungen von der langhaarigen Person mit der Duftöl-Flasche, die er in der Nähe von Tutanchamun gesehen hatte. Als er fertig war, wirkte der Wesir sehr nachdenklich.

„Was hast du dazu zu sagen?", fragte er Anchesenamun leise.

Die Königin sah ihn trotzig an. „Wenn ich einen Hethiterprinzen geheiratet hätte, hätten sich unsere beiden Reiche vereinigen können. Zusammen wären wir unbesiegbar gewesen!"

Aja lachte höhnisch. „Wie leichtgläubig bist du

eigentlich? Den Hethitern ist nicht zu trauen. Die Hand, die man ihnen reicht, würden sie umgehend abschlagen!“ Der Wesir überlegte einen Moment, bevor er fortfuhr. Seine Augen waren zu schmalen Schlitzen zusammengekniffen. „Ich glaube, es verhält sich ganz anders. Du bist zu klug, um diese Gefahr nicht zu kennen. Nein, Anchesenamun, du wolltest deine Macht mit allen Mitteln erhalten. Notfalls sogar an der Seite unseres schlimmsten Feindes! Was aus unserem Land wird, ist dir egal. Hauptsache, du bleibst auf dem Thron!“

Anchesenamun senkte den Kopf und schwieg.

„Dir fehlen die Worte?“, setzte Aja nach. „Aber ich habe noch eine Frage an dich: Bist du die Person gewesen, die Iti von Tutanchamun weglaufen sah – mit einer schweren Ölvase in der Hand?“

Die Witwe nickte.

Also doch!, dachte Kim. Die kunstvoll gearbeitete Parfümvase, die sie in Tutanchamuns Grabschatz gesehen hatte, war wirklich die Mordwaffe gewesen!

„Du hast tatsächlich deinen eigenen Mann getötet?“, fragte Aja jetzt fassungslos.

Wieder ein Nicken.

„Jeder im Palast hat mich für den nicht vorhandenen Thronfolger verantwortlich gemacht – auch mein

Mann. Er drohte, mich vom Hof zu verstoßen ... Aber vielleicht lag ja auch ein Fluch auf Tutanchamun. Trotz seiner Jugend war er selbst ein sehr kranker Mann", sagte Anchesenamun.

Der Wesir schnitt ihr das Wort ab. „Das will ich nicht hören. Du wolltest an der Macht bleiben, und dafür hast du gnadenlos getötet! Schafft das Weib aus meinen Augen!"

Grob packten die Wachen die junge Frau.

„Darf ich Anchesenamun noch etwas fragen?", sagte jetzt Julian. Aja nickte ihm aufmunternd zu. „Warum haben deine Männer bei ihren Aktionen das Zeichen von Seth verwendet?"

„Weil es die Zeit des Umsturzes ist", gab Anchesenamun zurück. „Die alten Zeiten, die alten Götter ... all das sollte vorbei sein. Durch die Vereinigung mit den Hethitern hätte es dieses Reich mit solchen machtgierigen Priestern wie Aja nicht mehr gegeben. Ein neues Zeitalter wäre angebrochen, an dessen Anfang die Zerstörung der alten Strukturen gestanden hätte!"

„Große Worte einer schändlichen Verbrecherin", höhnte der Wesir. „Schafft sie endlich fort!"

Jetzt trat Iti vor und bat den Wesir: „Mein Vater Kamose sitzt im Kerker. Lasst ihn bitte frei! Und wisst Ihr, wo mein Freund Cheriuf ist?"

Eine der Wachen nickte: „Auch Cheriuf sitzt im Kerker!“

Aja gab den Wachen ein Zeichen, dass Itis Bitte erfüllt werden sollte.

Eine Stunde später saßen die Freunde in Ajas gewaltigem Schreibzimmer. Inzwischen waren auch Kamose und Cheriuf bei ihnen. Als Kamose, flankiert von zwei Soldaten, aufgetaucht war, war ihm sein Sohn in die Arme gefallen. Dann hatten Iti und die Freunde dem Arzt und Cheriuf berichtet, was sich alles ereignet hatte. Währenddessen ließ der Wesir die besten Speisen und Getränke auftischen.

„Ich bin euch zu tiefem Dank verpflichtet“, sprach Aja. „Nicht auszudenken, was geschehen wäre, wenn Anchesenamun ihren Plan hätte durchführen können.“

„Was passiert jetzt mit ihr?“, fragte Kim. Sie fürchtete, für das Todesurteil dieser Frau verantwortlich zu sein.

Ajas Antwort überraschte sie. „Ich werde sie verbannen. In irgendeinen abgelegenen Teil des Reiches, wo sie niemand kennt.“

„Verbannen? Und sonst geschieht ihr nichts?“

„Nein.“

Iti mischte sich jetzt ein. „Aber wie willst du dem

Volk erklären, dass du eine Mörderin begnadigst? Sie hat den Pharao getötet!“, rief er erregt.

Der Wesir hob beschwichtigend die Hände. „Das ist richtig. Aber dieser Mord muss offiziell als Unfall dargestellt werden. Dafür werde ich sorgen … und auch ihr seid zum Schweigen verpflichtet.“ Seine Stimme wurde scharf. „Ihr wisst nichts über diese Tat. Ist das klar? Sonst seid ihr selbst des Todes!“

„Aber warum, bei Amun?“

Aja nahm eine Traube vom Tablett. „Das ist ein Gebot der Vernunft. Der Name der königlichen Familie darf nicht mit einem heimtückischen Mord in Verbindung gebracht werden. Dieser Name steht für große Pharaonen, aber nicht für feige Mörder. Außerdem gibt es einen weiteren Punkt.“ Der Wesir machte eine Kunstpause, die er dazu nutzte, die süße Traube zu zerkauen. Er genoss ganz offenbar die neugierigen Blicke der Freunde. „Ich selbst werde Pharao werden“, sagte Aja würdevoll. „Tutanchamun hat keine Nachfahren. Priester, Beamte und Soldaten stehen hinter mir. Und ich will nicht, dass am Beginn meiner Regierungszeit ein Mord steht. Und wer weiß … vielleicht würden ein paar falsche Schlangen im Palast behaupten, dass ich es war, der Tutanchamun töten ließ, um an die Macht zu gelangen. Um die Tat zu vertuschen, schob ich sie der unschuldigen, armen Witwe in die Schuhe. Aber wo kein Mord ist, gibt es auch keinen Mordverdächtigen, versteht ihr? Tutanchamuns Tod war ein Unfall!"

Nachdenklich und ein wenig betroffen schwiegen die Freunde. Aja entging das nicht.

„Wie wäre es mit einem kleinen Spiel, Iti?", schlug er vor, um das Thema zu wechseln. „Man hört, dass du darin ein wahrer Meister sein sollst."

Träge floss der Nil dahin. Ein Fischer stakte sein Kanu vorsichtig über den breiten Strom. Die Sonne begann gerade hinter dem Tal der Könige zu versinken.

Die Freunde standen am Ufer des Flusses. Vor einer Stunde hatten sie den Palast verlassen. Iti, Cheriuf und Kamose waren nach Hause geeilt, um ein großes Fest zu organisieren. Die Freunde dagegen hatten nach all der Hektik der vergangenen Tage am Fluss Ruhe gesucht.

Jetzt ließ Leon einen flachen Stein über die Wasseroberfläche tanzen, während Kim und Julian mit Kija spielten, die als Einzige noch immer keine Ermüdungserscheinungen zeigte.

„Ein heimtückischer Mord, der als Unfall ausgegeben werden muss", sagte Julian leise.

Kim sah ihn von der Seite an. „Dir gefällt es nicht, dass wir schweigen müssen, nicht wahr?“

„Genau.“

„Aber was willst du denn tun, wenn wir wieder in Siebenthann sind, Julian? Die Geschichtsbücher neu schreiben lassen? Niemand würde uns glauben. Es sei denn, wir würden das Geheimnis von Tempus verraten.“

Julians Augen funkelten. „Nein!“, sagte er schnell. „Das muss unser Geheimnis bleiben.“

„Das sehe ich genauso“, sagte Kim entschlossen. „Immerhin wissen wir jetzt, wer Tutanchamun getötet hat. Das ist doch auch etwas, oder etwa nicht?“

Julian lächelte sie an.

„Ja“, bestätigte er, „das ist es. Aber manchmal fällt es schwer, ein Geheimnis zu hüten, um ein anderes nicht zu gefährden. Apropos Tempus: Sollten wir nicht langsam mal an die Heimreise denken?“

Leon kam auf sie zu. „Na, was brütet ihr schon wieder aus?“, fragte er, während er den Boden nach einem weiteren flachen Steinen absuchte.

„Julian hat gerade vorgeschlagen, dass wir nach Siebenthann zurückreisen sollten“, erwiderte Kim.

„Gute Idee“, stimmte Leon zu. „Der Fall ist ja gelöst.“

„Nur schade, dass wir uns von Iti, Kamose und Cheriuf nicht verabschieden können“, sagte Julian.

Kim stand auf. „Wohl wahr. Aber auch das gehört zur Abteilung ‚Geheimnis bewahren‘. Kommt!“ Dann lief sie Richtung Tempel.

Kija war die Einzige, die absolut keine Lust zur Heimreise zeigte. Immer wieder blieb sie einfach hocken oder verschwand minutenlang irgendwo.

„Ich weiß, dass du am liebsten hier bleiben möchtest“, sagte Kim zur Katze und nahm sie auf den Arm – einerseits, um sie zu trösten, andererseits, um den Weg zum Pylonen ein wenig zu beschleunigen.

„Aber wer weiß, Kija“, ergänzte Kim dicht an ihrem Ohr. „Vielleicht kommen wir ja bald wieder her. Und dann bist du natürlich auch dabei!“

Abschied

Eine Woche nach ihrer Rückkehr kletterten die Freunde in Siebenthann in einen Bus, der sie erneut in die benachbarte Großstadt brachte. Die Tutanchamun-Ausstellung im Naturkundemuseum war noch geöffnet – und genau dorthin zog es die Freunde. Sie wollten die kostbaren Grabbeigaben noch einmal sehen, bevor die Wanderausstellung weiterzog.

„Nach allem, was wir erlebt haben, möchte ich mich irgendwie … von Tutanchamun verabschieden", hatte Kim gemeint, als sie den Vorschlag gemacht hatte, die Ausstellung ein zweites Mal zu besuchen. Leon und Julian waren sofort einverstanden gewesen.

Die Zeitdetektive reihten sich in die Schlange ein, die sich vor dem Eingang gebildet hatte. Kim hatte wieder ihre große Tasche dabei, in der sie Kija versteckte. Sorgfältig suchte das Mädchen die Umgebung mit den Augen ab. Und da entdeckte Kim das, worauf sie insgeheim gehofft hatte: Auf dem Ast einer Birke saß ein Falke, der seine scharfen Augen unverwandt auf die Freunde gerichtet hatte. Leon, Julian und Kija registrierten den Vogel nicht. Doch Kim hob kurz die Hand und winkte dem Falken zu. Natürlich hatte sie keine Gewissheit, dass es derselbe Falke war, den sie bei ihrem ersten Besuch im Museum und später in der Bibliothek von Siebenthann gesehen hatte. Aber sie fühlte, dass es genau dieser Falke war. Und dieses Gefühl zauberte ein Lächeln auf Kims Gesicht.

Plötzlich breitete der Falke seine Flügel aus und schwebte davon.

„Was ist? Willst du hier anwachsen?“, fragte Leon lachend.

Kim fuhr herum und errötete. Die anderen waren schon ein gutes Stück vorgerückt. Das hatte sie gar nicht mitbekommen.

„Komme ja schon“, murmelte sie und schloss zu den Freunden auf.

Im Museum verliefen sich die Besuchermassen einigermaßen. Sofort strebten die Freunde zu der herrlichen Totenmaske von Tutanchamun, die friedlich in ihrer Vitrine lag.

Die Freunde sahen sich um. Sie hatten Glück: In diesem Moment waren sie allein im Raum, allein mit der Maske … Kim ließ die Katze heraus und nahm sie auf den Arm. Ehrfürchtig beugten sich die Gefährten über die Vitrine. Niemand sagte ein Wort. Fasziniert schauten sie in das goldene Gesicht mit den großen Augen und nahmen auf diese Weise Abschied von dem Pharao, dessen früher Tod eines der größten Rätsel in der ägyptischen Geschichte war.

Kim sagte dann doch etwas: „Wir waren da“, wisperte sie. „Und jetzt kennen wir das letzte Geheimnis, das dich umgibt, großer Pharao.“

Leon sah sie schräg von der Seite an. „Er wird dich kaum hören können, Kim …“

„Da wäre ich mir nicht so sicher“, erwiderte das Mädchen gedankenverloren.

„Lasst uns weitergehen“, schlug Julian vor. „Ich möchte mir noch mal die beiden Wachen anschauen.“

Leon folgte seinem Freund, während Kim mit Kija noch einen Moment bei der Vitrine verweilte.

Kim fixierte die Maske. Und erneut schien es dem Mädchen, als bewegten sich die Augen in dem goldenen Gesicht! Es war wieder nur ein winziges Zucken der Lider. Oder war es doch ein Lichtreflex?

„Du hast es auch gesehen, oder?“, flüsterte Kim zu Kija.

Als Antwort maunzte die Katze.

Plötzlich wurden hinter Kim Stimmen laut. Offenbar näherten sich andere Besucher. Rasch setzte das Mädchen die Katze zurück in die Tasche und lief ihren Freunden hinterher. Dabei fasste Kim einen festen Entschluss: Sie würde es aufgeben, der Sache mit den Augen auf den Grund gehen zu wollen. Sie wollte Tutanchamun dieses eine Geheimnis lassen. Zum zweiten Mal an diesem Nachmittag erschien ein Lächeln auf ihrem Gesicht.

Wer war Tutanchamun?

Tutanchamun lebte in der 18. Dynastie von etwa 1345 bis 1327 vor Christus. Bereits als etwa siebenjähriger wurde er Pharao, weil kurz nacheinander seine Vorgänger Echnaton (der vermutlich sein Vater war) und Semenchkare gestorben waren. Tutanchamun hieß ursprünglich Tutanchaton (= lebendiges Abbild des Aton), weil Pharao Echnaton (= Glanz des Aton) den Sonnengott Aton zur einzigen Gottheit des Landes ernannt und alle anderen Götter für unwichtig erklärt hatte. Mit dem jungen und leicht beeinflussbaren Pharao Tutanchaton begann eine gewaltfreie Wiederherstellung der alten Zustände – das heißt: Die alten Götter wie Amun und Horus bekamen wieder ihre frühere Bedeutung in der göttlichen Hierarchie. Tutanchaton benannte sich in Tutanchamun (= lebendes Abbild von Amun) um. Diesem Beispiel folgte auch seine Frau, die sich von Anchesenpaaton in Anchesenamun umbenannte.

Für den unmündigen Pharao führte Aja die Regierungsgeschäfte. Aja hatte bereits unter Echnaton als Wesir gedient und war ein ungewöhnlich mächtiger Mann. Doch mit den Jahren gewann der junge Pharao Tutanchamun an Selbstbewusstsein. Er verwirklichte sein erstes großes Bauwerk und vollendete die Säulenhalle im Luxor-Tempel. Sein Großvater, Pharao Amenophis III., hatte die 45 Meter lange Halle erbauen lassen. Er war aber gestorben, bevor der Bildschmuck in Angriff genommen werden konnte.

Auch militärisch hatte Tutanchamun kleinere Triumphe vorzuweisen. Es wurden erfolgreiche Feldzüge nach Syrien und Nubien unternommen.

Mit seiner Frau Anchesenamun zeugte Tutanchamun zwei Kinder. Beide Mädchen wurden tot geboren. Ihre Körper wurden einbalsamiert und später von Archäologen gefunden.

Im Alter von etwa 18 Jahren starb der junge Pharao. Heute geht man davon aus, dass er ermordet wurde. Sein Hinterkopf weist eine Verletzung auf, die vermutlich vom Schlag mit einem harten Gegenstand herrührt. Historiker wie Bob Brier nennen unter anderem Aja als Tatverdächtigen, denn womöglich fürchtete der mächtige Wesir um seinen Einfluss, nachdem der heranwachsende Tutanchamun immer selbstbewusster wurde. Auch der oberste Heeresführer Haremhab, neben Aja und Tutanchamun der mächtigste Mann im Land, wird immer wieder als möglicher Täter genannt. Denn auch er wollte Pharao werden.

Aber natürlich war da noch Anchesenamun, die Witwe. Auch sie hatte ein Motiv, ihren Mann zu töten: Machtgier. Das Fehlen eines Thronfolgers lastete man ihr an und deswegen drohte ihr der „Rauswurf“ aus dem Palast. Bewiesen ist, dass die junge Frau unmittelbar nach dem Tod ihres Mannes versuchte, an die Macht zu gelangen, und zwar mit fremder Hilfe. In einem Brief an den Hethiterkönig Schuppiluliuma, dem größten Feind Ägyptens, bot sie ihm an, einen seiner Söhne zu heiraten und ihn damit zum König von Ägypten zu erheben. Doch der Plan kam ans Licht und wurde vereitelt.

Aja und Haremhab müssen Anchesenamuns Verhalten als Skandal empfunden haben – ein Pakt mit dem ärgsten Feind war Hochverrat. Nach diesem Vorfall wird Anchesenamun in der Geschichtsschreibung nicht mehr erwähnt. Ihr weiteres Schicksal ist unbekannt.

Es gibt also mindestens drei dringend Tatverdächtigte, aber wer Tutanchamun ermordete, wird wohl nie endgültig geklärt werden.

Der greise Aja zog den wesentlich jüngeren Haremhab auf seine Seite. Es ist zu vermuten, dass Aja ihm den Pharaonen-Thron versprach – nach Ajas eigener Regierungszeit selbstverständlich.

Und so geschah es auch: Aja leitete Ägyptens Geschicke vier Jahre lang bis zu seinem Tod. Ihm folgte Haremhab auf den Thron. Er regierte Ägypten etwa 27 Jahre lang mit eiserner Hand und führte das Land zu neuer Blüte.

Insgesamt betrachtet war Tutanchamun ein recht unbedeutender Pharao. Seine Berühmtheit hat er vor allem einem Archäologen zu verdanken:

Am 26. November 1922 entdeckte der britische Maler und Ägyptologe Howard Carter (1874–1939) im Tal der Könige eine Grabkammer. Im schwachen Licht einer Kerze spähte er durch ein Loch, das er vorsichtig in die Wand geschlagen hatte.

„Am Anfang sah ich nichts“, schrieb Carter später. „Doch je mehr sich meine Augen an die Finsternis gewöhnt hatten, desto mehr Tiere, Statuen und Gold erblickte ich im Dunkel.“

Carter hatte eine weltweit einmalige, sensationelle Entdeckung gemacht: Er fand das Grab eines Pharaos, das in den Jahrhunderten zuvor noch nicht geplündert worden war.

Nach und nach wurde der Schatz des Tutanchamun geborgen. Schmuck, Truhen, Liegen, Schatullen, zwei mannshohe Wächter, ein 110 Zentimeter langes Lastschiff, Wagenteile und Gefäße aller Art und vieles mehr. Alles ist feinste Handarbeit und besteht aus den wertvollsten Materialien wie Gold und Lapislazuli oder edlen Hölzern. Besonders interessant und berühmt sind Tutanchamuns drei ineinander verschachtelte Sargschreine. Der äußere besteht aus Holz mit Blattgold. Der mittlere, ebenfalls aus Holz und Blattgold gefertigt, ist zudem mit Kristall und Halbedelsteinen besetzt. Der innere Sarg besteht aus purem Gold und wiegt 110,4 Kilogramm! Die Mumie des Pharaos ist unversehrt und über und über mit Schmuck und Gold bedeckt. Eine herrliche Goldmaske mit fein gezeichneten, friedlichen Gesichtszügen bedeckt den Kopf des früheren Herrschers. Heute wird der Schatz des Tutanchamun im Museum von Kairo aufbewahrt. Teile des Grabschatzes werden bei Wanderausstellungen immer wieder in Museen auf der ganzen Welt ausgestellt.

Glossar

Amun oberster Reichsgott, sitzend mit einem Szepter oder stehend mit einer Krone und zwei hohen Federn dargestellt

Ankh Henkelkreuz, das im alten Ägypten ewiges Leben symbolisierte

Anubis Gott mit einem schwarzen Hunde- oder Schakalkopf. Anubis stand dem Totenkult vor, war unter anderem zuständig für das Einbalsamieren. Während des Einbalsamierens trug der Priester die Maske des Anubis.

Deben Zahlungsmittel in der Form eines gefalteten Fadens aus Metall, von dem man die gewünschte Menge abschnitt. Ein Paar Sandalen kostete etwa drei Deben, ein Bett 25 Deben, ein Ochse 100 Deben. Man zahlte auch mit Metallringen (Schati), die ein Zwölftel Deben wert waren. Münzen gab es in Ägypten erst in römischer und griechischer Zeit.

Hathor Göttin des Himmels

Horus falkenköpfiger Gott, Herr des Himmels. Neben Amun der wichtigste Gott der Ägypter, der vom Pharao verkörpert wurde

Isis Frau vom Gott Osiris, oft als Vogel dargestellt. Mutter von Horus.

Irep Wein

Irtet Milch

Kupit Parfüm. Die Basisprodukte waren damals das Harz des Terpentinbaumes, die Ginsterblume, Schilf, Zyperngras, Wacholder, Safran, Zimt, Kardamon, Narde, Minze und Mastixbaum.

Lapislazuli blauer Edelstein

Maat Göttin der Gerechtigkeit, dargestellt als Frau mit einer Feder auf dem Kopf

Mut Göttin mit einem Geierkopf.

Obelisk vom griechischen Wort *obeliskos* (= Bratspieß) abgeleitet; langer Steinblock mit quadratischer Basis, der sich nach oben verjüngt und in einer Spitze mündet.

Obsidian vulkanisches Gestein (Erzgussstein), das sich gut zu Schmuck und Waffen verarbeiten ließ.

Nekropole Totenstadt

Osiris Gott der Unterwelt und der Fruchtbarkeit, oft auch als Vogel dargestellt, Ehemann von Isis, Vater von Horus.

Punt Land an der ostafrikanischen Küste, entspricht vermutlich dem heutigen Somalia.

Pylon die beiden massiven Türme, die den Eingang zu einem Tempel flankieren.

Re falkenköpfiger Sonnengott

Sachmet löwenköpfige Göttin, deren Feueratem die heißen Wüstenwinde waren

Seth Gott des Bösen, des Umsturzes, des Chaos. Feind von Horus und Osiris. Seth wurde zumeist als Fantasie-Tier mit eckigen Ohren und einer langen Nase dargestellt, das an eine Mischung aus einem Esel und einem Windhund erinnert.

Skarabäus vierflügliger Käfer, im alten Ägypten als heilig verehrt. Der Skarabäus verlieh den Menschen den „Lebenshauch" und wurde daher gern als Amulett getragen.

Thot Gott des Schreibens und Wissens, aber auch der Magie. Oft mit einem Pavian- oder Ibiskopf dargestellt.

Uschebti Figur eines Dieners, der den Pharao im Jenseits verwöhnen sollte.

Wesir oberster Beamte in Ägypten, zumeist Innen-, Justiz- und Finanzminister in einer Person; der wichtigste Mann nach dem Pharao.

Die Zeitdetektive

Spannende Reisen durch die Zeit

Habt ihr schon mal einen Abstecher auf die Homepage

www.zeitdetektive.de

gemacht? Dort könnt ihr selbst einen Ausflug in den geheimnisvollen **Zeit-Raum Tempus** machen, euch im **Forum** mit anderen Fans austauschen und am **Zeitdetektiv-Lexikon** mitschreiben. Außerdem erfahrt ihr natürlich alles über den **Autor Fabian Lenk**!

Geschätzte Leser!

Herrlich, endlich mal wieder zurück in der Heimat! Ihr könnt euch denken, dass ich den Ausflug nach Ägypten genossen habe.

Andererseits war es auch wieder reichlich gefährlich. Schließlich wurden wir erneut in einen höchst dramatischen Fall in der Stadt der Götter, Tempel und Pharaonen verwickelt, wo Tutanchamun heimtückisch ermordet wurde!

Und sicher wisst ihr auch, liebe Leser, in welcher berühmten Stadt wir uns befunden haben – oder?

ZD_09_006

Mit der richtigen Antwort auf meine Frage könnt ihr auf

www.zeitdetektive.de

spannende Fakten über diesen Ort erfahren!

Frage: Wie heißt der Ort, an dem Tutanchamun tot aufgefunden wurde?

- **Memphis** **36x395**
- **Theben** **33e659**
- **Gizeh** **39r563**

Gebt auf der Homepage einfach den Code ein, der hinter der richtigen Antwort steht – ich bin mir sicher, ihr werdet die Nuss knacken.

Es grüßt euch hochachtungsvoll

eure Kija

Ravensburger